讲给孩子的

世界文学经典

的

侯会 著

第二册

三联书店

图书在版编目（CIP）数据

讲给孩子的世界文学经典. 第二册／侯会著. —北京：
生活·读书·新知三联书店，2018.5 （2020.11 重印）
ISBN 978 - 7 - 108 - 06090 - 7

Ⅰ.①讲… Ⅱ.①侯… Ⅲ.①世界文学 – 文学史 – 青少年读物
Ⅳ.① I109-49

中国版本图书馆 CIP 数据核字（2017）第 204997 号

责任编辑　王海燕
装帧设计　刘　洋
责任校对　常高峰
责任印制　董　欢
出版发行　生活·讀書·新知 三联书店
　　　　　（北京市东城区美术馆东街 22 号 100010）
网　　址　www.sdxjpc.com
经　　销　新华书店
印　　刷　河北鹏润印刷有限公司
版　　次　2018 年 5 月北京第 1 版
　　　　　2020 年 11 月北京第 5 次印刷
开　　本　635 毫米 × 965 毫米　1/16　印张 18.5
字　　数　190 千字　图 150 幅
印　　数　23,001 - 28,000 册
定　　价　40.00 元
（印装查询：01064002715；邮购查询：01084010542）

目 录

三八、司各特与《艾凡赫》
（18—19世纪，英国）

司各特：英国的"罗贯中"

此刻在英国，有两位小说家不能不提：一位是司各特，专写历史题材作品；另一位是女作家奥斯汀，写的多是小镇风情、乡间生活。

中国元末明初的小说家罗贯中专爱写历史题材，《三国演义》《隋唐志传》《残唐五代史演义》等，都是他的大作。今天要说的司各特，称得上是英国的"罗贯中"，只是他比罗贯中晚生了四五百年。

司各特

1

　　司各特（1771—1832）生于爱丁堡一个苏格兰世家，父亲是个律师。司各特自己在大学读的也是法律，毕业后子承父业，也当上了律师。不过他更喜欢文学，一有空，就到偏远村庄，听田夫野老讲唱历史传说、民间谣谚。后来他当上爱丁堡高等民事法庭的庭长，还做了副郡长，由于差使清闲，他有了更多的时间搞创作。

　　四十三岁那年，司各特发表的头一部小说《威弗利》，就是有关历史题材的，叙说了五十多年前詹姆士党起义的事。书出版后很受欢迎。司各特便趁热打铁，又接连创作了许多部小说，清一色的全是历史题材。像《清教徒》《罗布·罗依》《艾凡赫》《昆丁·达沃德》等。不过这些小说发表时，署的是笔名，以致当时的评论家们纷纷猜测，不知这位神秘的作者到底是谁。

《清教徒》：乱世爱情更动人

　　先说说那部《清教徒》吧。

　　17世纪下半叶，英国国王在苏格兰推行国教，压制当地的清教徒。清教徒为了求得宗教自由，不得不揭竿而起。小说便以这次起义做背景。

　　一次节日狂欢后，一伙英国骑兵涌进一家小酒店。骑兵军曹故意向酒店里喝酒的清教徒挑衅，举杯提议为英国大主教干杯——这位大主教，可是清教徒恨透了的人。

　　正在大家敢怒而不敢言的当口，有个陌生人举起杯来响应，他意味深长地说：但愿苏格兰的长老也能跟主教地位平等！陌生人离开酒店不久，骑兵军曹就接到了报告：大主教刚刚被人暗杀，而刺客正是刚才那个陌生人！——这位神秘的刺客叫柏尔利，日后成了清教徒起义的首领。

《清教徒》插图

书中的主人公亨利也参加了柏尔利的队伍。亨利是个苏格兰小伙儿，爹爹是个骑兵军官，曾参加清教徒反抗英国官府的战斗，如今早已不在人世了。亨利爱上了贵族小姐伊迪斯，她跟奶奶贝伦登夫人住在城堡里。可是这一对青年男女宗教信仰不同，门第又相差太远，两人只好把爱情埋在心里。

起义大潮一来，伊迪斯家的城堡也被起义军攻陷了。亨利舍命救了姑娘一家，自己却被起义军看作叛徒。要不是赶上礼拜天，不能处决犯人，亨利就完啦。这么一拖延，亨利被官军救出来，从此流亡国外。

几年以后，亨利重返苏格兰。他发现伊迪斯和老奶奶已沦为赤贫。原来柏尔利拿走了老太太的产权文件，她家的产业，全让一个叫奥利范特的远亲霸占去了。

不久，奥利范特勾结起义失败的柏尔利，暗杀了一直保护伊迪斯的贵族青年埃文戴尔爵士，而奥利范特自己也被警士打死，柏尔利则掉进山涧里，再也没有爬上来。——由于奥利范特没有留下遗嘱，所有财产自然又回到贝伦登夫人手里。亨利跟伊迪斯也如愿以偿，结为眷属，真是苦尽甘来呀。

故事大团圆的结尾有点儿俗气是不是？可别忘了，它本来就是一部通俗小说。司各特写这部小说时，苏格兰清教徒起义已过去一百多年。不过司各特一定还能从民间听到不少生动的传说，加上他想象力超群，文笔又生动，因此读来引人入胜。

司各特的另一部小说《罗布·罗依》，则是以詹姆士党人起义为背景的。书中描写行侠仗义者，很有点儿中国《水浒传》的味道。

《艾凡赫》，又译《撒克逊劫后英雄略》

司各特最著名的小说《艾凡赫》，写的是中世纪的事，地点由苏格兰转到了英格兰。这部小说初次介绍到中国来，是在清朝末年。那时书名译作《撒克逊劫后英雄略》，听起来似乎更带劲儿。

艾凡赫是谁？他是撒克逊贵族塞得利克的儿子，眼下正随着"狮心"理查王东征，此刻音信全无，连理查王也下落不明。国内则由理查的弟弟约翰亲王摄政。亲王宣布举行比武大会，召请天下好汉前来打擂，好借此网罗人才、收买人心。——他的野心大着呢！

有一伙诺曼贵族也来参加比武，打头的是圣殿骑士布里昂。——这时的英国正受诺曼贵族统治呢。有位游方教士指引布里昂一伙到艾凡赫家来投宿。艾凡赫家寄居着一位漂亮的贵族小姐罗文娜，她偷偷爱着艾凡赫。见有客自远方来，她便在餐桌上打听心上人的下落。她哪里想得到，心上人近在咫尺：那位游方教士就是艾凡赫装扮的。

这天晚上，艾凡赫家还来了两位投宿者：犹太富翁和他的漂亮女儿瑞贝卡。布里昂一伙顿起歹心，商量着要绑架犹太人，勒索赎金。——这话全让艾凡赫听见了，他连夜护送犹太人父女俩离开了这是非之地。

比武场上，圣殿骑士布里昂一伙打败了各路好汉，耀武扬威，不可一世。此刻一位隐名骑士催马登场。经过一番激烈较量，布里昂败下阵去。照规矩，优胜者可以挑选比武会上的皇后。隐名骑士选中了看台上的罗文娜小姐——不错，这位骑士就是艾凡赫。

可第二天的比武却不轻松。艾凡赫受到三名武士的围攻，眼看就要招架不住啦！就在千钧一发之际，有位黑甲骑士旋风般冲上比武场，替艾凡赫解了围。艾凡赫最终获胜，就在他从"皇后"罗文娜手中接过桂冠时，却突然晕倒在地。众人解开衣甲

《艾凡赫》插图

看时，发现他已身负重伤。一片混乱之中，艾凡赫被犹太父女救回家中，在瑞贝卡的精心照料下，终于脱离了危险。

这边，比武大会决出射箭冠军后便草草收了场。因为约翰亲王接到密报：理查王已秘密回国。罗文娜与犹太父女护送艾凡赫回家，途中遇上一伙强盗，把他们劫往一座城堡。幸亏有个猪倌逃了出去，搬来了救兵——也就是比武会上的黑甲骑士和射箭冠军：原来他俩就是"狮心"理查王和侠盗罗宾汉！他们合力猛攻，救出了艾凡赫一行，但犹太姑娘瑞贝卡却被强盗劫走。

强盗头子不是别人，正是布里昂。他对瑞贝卡早已垂涎三尺。艾凡赫听到消息，不顾伤痛，跳上马跑去与布里昂决斗。有伤在身的艾凡赫气力不济，被戳下马来。可是奇怪，布里昂也同时跌落马下。艾凡赫仗剑上前，要跟他拼个你死我活，却发现他早已断了气。——原来这家伙恶贯满盈，受着良心的谴责，就这么心力交瘁上了西天！

最终理查王重登王位，艾凡赫与罗文娜结为连理。瑞贝卡获得自由后，打算跟爹爹远离英国，去寻求平静的生活。她祝愿一对新人终生幸福，可她自己的心里，此刻却心潮起伏、难以平静呢。

司各特二三事

司各特的历史小说大多带有传奇色彩，例如小说中的罗宾汉，便是个典型的绿林好汉，早就活跃在民间传说中。——从犹太父女的形象中，还可看出作者对被歧视民族的同情。至于艾凡赫和理查王，作者虽然花了挺大气力，想把他们塑造成忠臣、明主，可效果并不见佳。正面人物不好写，这也是一般小说的通例。

司各特是个多产作家，一生写了二十七部长篇小说，此外还有七部长诗以及一些中篇小说、历史传记等。写出这么多作品，人们却从来看不见他伏案忙碌，总见他在豪华的客厅里抽着烟，跟客人闲谈、游戏。有人甚至猜测，他的许多作品是年轻时早已写好了的！

其实司各特精力充沛，笔头很快。五十多岁时，他生意破产，不得不靠卖文还债。他写得最快时，一部四十万字的小说，只用六个星期就完成了。这样的作品，难免有些粗糙。不过他在英国小说史上的地位，是别人无法替代的。英国的萨克雷、狄更斯，法国的巴尔扎克和雨果，德国的歌德，俄国的普希金，都对他的历史小说推崇备至呢。

据说司各特人很谦和，并没有"老子天下第一"的架子。他曾把一部当代女作家的小说连读三遍，佩服得五体投地，说是这么细腻的笔触，自己写不来。——这部书即《傲慢与偏见》，作者奥斯汀比司各特还要小四岁。

三九、奥斯汀与《傲慢与偏见》
（18—19世纪，英国）

当傲慢、偏见碰上自尊

奥斯汀（1775—1817）总共写过六部长篇小说，其中最出色的是《傲慢与偏见》和《爱玛》。《傲慢与偏见》讲的是小乡绅班纳特家有五个闺女，替这五位千金找"姑爷"，成了班纳特太太的一大心病。

大女儿吉英又温柔又端庄，在一次舞会上，她认识了年轻而富有的单身汉宾格里，两人情投意合，这可喜坏了班纳特太太。

二女儿伊丽莎白算不上美人，但举止活泼，一双眼睛尤其有灵气。不过在舞会上，她却受到宾格里的好友达西的冷淡。达西轻视伊丽莎白，多半由于看不起粗俗的班纳特太太。他极力劝说宾格里别跟这家人打交道。宾格里禁不住撺掇，便离开吉英去了伦敦。吉英对宾格里一片痴情，她就那么默默地等着他回心转意。

再说这位二小姐伊丽莎白，是个挺有个性的姑娘。你不是看不起我吗？我还看不上你呢！后来得知达西拆散了大姐的姻缘，她对达西的成见就更深啦。——其实自从那次舞会之后，达西却不知不觉喜欢上了伊丽莎白。在另一次舞会上，他主动邀请伊丽莎白跳舞，却碰了个大钉子。

又有一回，伊丽莎

《傲慢与偏见》插图

白到一位女友家去做客，刚好又碰见达西。达西压抑不住对她的爱，突然向她求婚。可口气还是贵族少爷的腔调，透着傲慢。姑娘当然不能接受啦，她当面告诉他：我最讨厌傲慢自负的家伙了！

这对达西的打击可是太大了。他从来没意识到，傲气竟这么不得人心！他静下心来，写了一封语气恳切的信，向伊丽莎白解释误会。姑娘读了信，才知道有些事是自己误听传言，不禁有点儿后悔，对达西的看法也不觉有了转变。

第二年夏天，伊丽莎白应邀到达西庄园去做客。接触多了，姑娘发现达西这人挺可爱。达西对自己的妹妹爱护体贴，对背叛了自己的朋友也能以德报怨，还私下替伊丽莎白的妹妹成全了一门亲事呢。更让姑娘感动的是，他那傲慢自负的脾气也都改了，待人和蔼亲切，整个换了个人似的。可是姑娘当初回绝得太干脆了，又怎么好改口呢？

事情还得感谢达西的姑妈——一位专横粗暴的贵族老太太。她想把自个儿的女儿嫁给达西，就跑到班纳特家，非逼着伊丽莎白给她当面下保证：绝不嫁给达西。——倔强的姑娘当然不能接受这个无理要求啦。

消息很快传到达西耳朵里，他断定姑娘对他的看法有了改变，就再次向她求婚。这一回，他可是情词恳切，一点傲气也没有。结果呢，"傲慢"与"偏见"全都消除了，故事也到了收尾的时候。

这会儿宾格里也早回到吉英身边。班纳特太太嫁出去三个女儿，剩下的还愁找不着好女婿吗？

爱玛不再任性

奥斯汀的小说《爱玛》，讲的仍然是小镇男女恋爱的故事。爱玛是个又骄傲又任性的阔小姐，她充当孤女哈丽叶的保护人，为哈丽叶的婚事着急。今天让她去爱这个，明天教她去爱那个。哈丽叶让她支使得晕头晕脑，竟觉着当地首富奈特利先生是自己的理想伴侣。

直到这会儿爱玛才明白，其实自己心里正爱着奈特利先生呢。于是她不再游戏人生，老老实实跟奈特利结了婚。哈丽叶也从云里雾里钻出来，跟一个老实忠厚的青年农民成了家。两对新人门当户对，都挺美满。

没有财产的小姐怎么出嫁，这是奥斯汀小说里讨论的一个重要话题。在《傲慢与偏见》里，作者的想法还有点儿浪漫，认为一个姑娘只要头脑聪明，有教养、有风度，就能获得幸福。《爱玛》可就现实得多了，在看重金钱与地位的社会里，"门当户对"才是决定婚姻成败的准绳。

《爱玛》插图

"撮合"他人，终身未嫁

奥斯汀出生在一个乡间牧师家庭，她所受过的教育，只是阅读父亲收藏的古典文学作品和流行小说。她交往的范围，也不出乡绅与亲朋这个圈子。论写作，她可称得上是无师自通了。因而她的文学创作，也没受这个流派、那个风格的影响，全凭着她那女性的敏锐，去观察周围这个不大的世界，从中发现有意思的人和事，然后在操持家务的空隙里把它们写出来。

有人打比方，说司各特是一棵参天大树，奥斯汀是树旁一丛鲜花。从两人的声望看，这个比喻倒也恰如其分。不过往深处说，司各特的作品浪漫而夸张，带有传奇色彩；奥斯汀的小说，则带着朴素亲切的现实味道。难怪司各特也被她的作品深深打动呢。

奥斯汀从三十六岁开始发表小说，以后每年出版一部。可惜她四十二岁就去世了，她在小说里撮合了那么多婚事，自己却终身未嫁。

奥斯汀

奥斯汀也有过爱情生活。二十岁那年，她遇上了年轻的爱尔兰律师勒弗罗伊，两人一见钟情。然而奥斯汀的父母却不大满意：他们希望未来的女婿具有足够的经济实力，偏巧勒弗罗伊那时还是个穷小子。

勒弗罗伊家也不满意这桩婚事。他家有六个孩子，也想着通过联姻来改变现状呢。因而勒弗罗伊很快就被召回爱尔兰，从此两人再也没见过面！这对奥斯汀是个沉重的打击。后来她把全部激情灌注到文学创作中去，这场夭折的爱情应当也是动力之一吧。

那位律师勒弗罗伊呢，依照家庭的意愿，娶了一位富家小姐。后来因能力超群，还当上了爱尔兰最高法院的首席法官。然而他跟奥斯汀的那段恋情，一直被他埋在心里，不能忘怀。——对两位亲历者而言，这当然是一出悲剧。可是两人若如愿结合，又会怎样？陶醉于幸福生活、忙碌于相夫教子的奥斯汀，还会写出那么多出色的作品吗？

奥斯汀出版小说，用的全是化名。直到她死后，人们才知道这些小说出自一位乡间女子之手。——这一点，跟司各特也很相似。

四〇、拜伦与《唐璜》（附湖畔诗人、济慈，18—19 世纪，英国）

浪漫主义与"湖畔诗人"

英国的诗坛上，这会儿刮起一股浪漫主义的清风。——先得说说啥是浪漫主义，那既是一种创作方法，也是一种文艺思潮。

古典主义和启蒙运动不是强调理性吗？浪漫主义作家却讨厌这个。他们喜欢在诗里表达自己的主观理想，抒发强烈的个人情感。他们对乌烟瘴气的城市文明感到厌倦，向往着阳光明媚的田野、波光

骚塞

粼粼的湖泊……对中世纪的民间文学也格外注目，常常在诗歌里模仿朴素自然的田园牧歌。——"回到自然！""回到中世纪！"这就是他们的口号。

浪漫主义的作品喜欢使用夸张或对比的手法，例如把奇丑跟奇美放到一块去比较。至于非凡的人物、异域的风情以及大胆的想象、神秘的气氛，也都是浪漫主义诗文中常见的内容和特色。

在 18 世纪末到 19 世纪上半叶，有三位英国浪漫派诗人最著名，他们是华兹华斯（1770—1850）、柯勒律治（1772—1834）和骚塞（1774—1843）。这三位前后脚出生，又不约而同地厌倦城市生活，隐居在英国多湖的西北地区。人们因此称他们"湖畔诗人"。

华兹华斯跟柯勒律治是好朋友，他们共同出版了诗集《抒情歌

谣集》。前者的《丁登寺》，后者的《古舟子咏》，都是浪漫派的诗歌杰作。骚塞和华兹华斯先后得过英国"桂冠诗人"的称号。骚塞在当时名气很大，人们甚至把他比作《神曲》作者但丁。

在这三人之后，英国诗坛又推出一位浪漫派诗人，他的诗风跟这三位有所不同，但成就和名声却比他们大得多，他就是拜伦。

华兹华斯

少年拜伦，炎凉备尝

有人说，拜伦（1788—1824）是19世纪最不可思议、最矛盾又最富于天才的诗人。他相貌英俊，才华横溢，天生爱冒险。虽然他一条腿有点儿跛，可无论对谁，他都有一股磁石般的吸引力。崇拜他的人敬他是英雄，不喜欢他的人把他看成浪荡子和危险人物。总之，他不是平庸之辈！

拜伦出生在伦敦一个古老的贵族家庭。他爹爹贪杯好色，把祖上积下的万贯家财挥霍一空。一提到他爹，人们就会轻蔑地说：就是那个疯子杰克吗？小拜伦出生时被弄坏一只脚。他娘因为恨他爹，常常把怨气发泄在孩子身上。周围的贵族们也因

为他爹的缘故瞧不起他，拜
伦因而养就一种孤独、倔
强、易怒的性格。

十岁那年，他从伯祖父
那儿继承了男爵的头衔和一
大笔财产，他的地位也一步
登天。连学校里老师点名时，
也改称他"拜伦大人"。小拜
伦想着昨天的冷遇和今天的
尊荣，忍不住哇哇大哭起来。

拜伦

后来拜伦进了剑桥大学，专攻文学和历史。他过着公子哥儿
的放荡生活，却也读了不少书。二十一岁大学毕业，他又当上
了上院议员，这职位当然也是世袭的。

这一年，他突然萌发"看看人类"的念头，于是独自出国去
旅行。他走遍地中海诸国，饱览山川秀色，遍游古迹名胜，对
人事政务也都关心留意。两年以后，他带着一路创作的四千行
诗歌回到伦敦。经过整理，以《恰尔德·哈洛尔德游记》的题目
发表出来。这还仅仅是这部长诗的前两章。后来他被迫离开英
国，再次游历欧洲，又续写了第三、第四章，不过那已是六七
年以后的事了。

半部《游记》，一夜成名

长诗中的恰尔德·哈洛尔德是个贵族青年，他厌倦了英国上

层社会的无聊生活，决心到"异教徒"的国度去开开眼界。他先后到过葡萄牙、西班牙、希腊、君士坦丁堡、罗马……领略了美丽奇特的异国风光、异域风情。什么西班牙斗牛呀，希腊谢肉节狂欢呀；还有阿尔巴尼亚的群山，莱茵河的波光，日内瓦湖的夕照，尼罗河上的夜雨……希腊与罗马的灿烂文化遗产也让他眼睛发亮。

可主人公更关心各国人民争自由、求解放的斗争。西班牙的民间好汉们正在反抗拿破仑的入侵呢，有位女英雄跃马横枪、活跃在游击队里，让他倍加倾倒。希腊人民那会儿正处在土耳其人的统治下，诗人号召他们："谁要获得自由，就必得自己动手……高卢人或莫斯科人，哪里会对你们公正？"

在滑铁卢战场，诗人感慨万千，他在诗中吟咏道：

《恰尔德·哈洛尔德游记》插图

哈洛尔德停留在这白骨堆积之处，

法兰西的坟墓，要命的滑铁卢。

一个钟点里，命运之神索回了礼物，

也把赫赫的威名变成烟云般缥缈的虚无。

苍鹰终于在此处翱翔到最高空，

但随即被同盟国的箭射穿了前胸，

它用血淋淋的爪把地面抓得稀烂，

野心勃勃的一生雄图全部落空，

让世界挣脱的锁链套住自己的脖颈。

　　法国皇帝拿破仑是风云一时的英雄人物，可他四出侵略，又成了许多民族的敌人，最终被英、俄、奥、普等七国盟军在比利时的滑铁卢击败。诗人来到这里时，这场震惊世界的大战刚刚过去三年，杀气和鼓声，仿佛还没有消歇。诗人在感叹之余，希望全世界的暴君能从这儿汲取教训！

　　《恰尔德·哈洛尔德游记》前两章刚发表，就在英国引起了轰动。用拜伦的话说："一觉醒来，我发现自己已经成了名！"当时不少人说，诗中的哈洛尔德就是诗人本人，可拜伦却极力否认。不过说的人多了，诗人也就不再吭声了。

　　这位诗中主人公性格阴郁伤感、孤独而傲慢，蔑视礼法，身心充满矛盾。人们因而把他称作"拜伦式英雄"。——而"拜伦式英雄"以后还多次在拜伦诗中出现，成了诗人独创的人物典型。

　　拜伦声称自己一生最爱的是自由，最恨的是说谎。这使他跟统治者们总是格格不入。有一回政府通过法案，规定凡是破坏机器的工人，都得处死。拜伦听了，拍案而起，在国会发表演说，强烈反对。他还写诗说：难道人命还不值一双袜子吗？为什么捣毁机器就该被折断骨头？哪个蠢材要这样对付工人，他的脖子先要被扭断！

上层社会不喜欢这个尖刻好斗的诗人，就抓住他生活上的小事攻击他，甚至造谣说他跟异父同母的姐姐不清不楚，又对他与妻子分居的事指手画脚。拜伦最终被迫离开了英国，以后再也没有回去过。

唐璜变身"柳下惠"

诗人再度游历欧洲，除了完成《恰尔德·哈洛尔德游记》的第三、第四章外，还写了那部有名的诗体小说《唐璜》。

唐璜是什么人？他本来是欧洲民间传说里的一个花花公子。不少欧洲文学家都写过这个传奇人物，而拜伦笔下的唐璜却与众不同。

在拜伦的小说中，唐璜是个心地善良的西班牙贵族公子，性情直率，不拘礼法，又多情善感。他刚刚十六岁，就爱上了一位贵妇人。当娘的怕儿子出丑，打发他去了海外。

唐璜坐的船在海上遇上了风暴，经受了十几天的漂泊煎熬，唐璜泅水来到一座海岛。岛上有个叫海甸的姑娘救了他，他俩在山洞里真诚相爱了。就在两人举行婚礼的时候，姑娘的爹爹回来了。原来她爹是个凶暴的海盗头子！他命人把唐璜捆起来，

《唐璜》插图

扔上海船，送往土耳其的奴隶市场卖掉。海甸姑娘哭啊喊啊，就那么伤心而死！

土耳其王宫的黑奴们见唐璜长得挺俊俏，就把他装扮成女子，带进了后宫。在那里，年轻美丽的王妃千方百计勾引他，可唐璜心里还装着海甸，就是不肯依从。——你们看，拜伦笔下的唐璜，成了"坐怀不乱"的柳下惠啦。

不久，唐璜找机会逃出了王宫，正赶上俄国大军攻打土耳其。唐璜参加了俄军的攻城战役，立下大功，成了英雄，并被俄军统帅派往彼得堡报捷。俄国女皇特别赏识他，又派他作为俄国使臣，出使到英国。

长诗写到这儿，已有十六章，一万六千行！这诗本来要写成一百章，可是因为诗人赶去希腊参加民族解放战斗，光荣捐躯，因而这诗没能写完。

即便如此，这诗的价值却也不容低估。诗人借唐璜的漂泊足迹，把读者引向欧洲各地。各国的自然风光、风土人情、政治得失，就全在诗人的描摹、议论中自然而然地展现出来。

长诗的讽刺特色尤其突出。特别是对英国的讽刺，几乎囊括了社会生活的各个方面。诗人笔下的唐璜还是个乐天派——"及时行乐吧，唐璜，把戏演到最后一幕！"诗中的道白，是不是也说出了拜伦的人生观念？

把心留在希腊

拜伦可不是只会摇羽毛笔的文弱书生，在他的血管里，流淌着英雄的热血！他热爱自由，就真的拿起枪，为自由而战！侨居意大利时，他参加过烧炭党人反抗奥地利统治的斗争。他还从英国买来一百五十条枪，藏在自家的寓所里。官府因而把他看作危险分子，只是因为他是位英国爵爷，才没有逮捕他。

烧炭党人起义失败后，拜伦又奔赴希腊。他自己装备起一艘战舰，破浪出海。但由于迷失航向，在海上漂流半年才来到希腊。希腊军民听说这位英国大诗人也来加入他们的战斗行列，都鸣枪放炮欢迎他。

后来他又变卖家产，武装起一支劲旅。希腊军民还推举他做了远征军总司令。拜伦拿起笔是个出色的诗人，挎上枪又是位杰出的将军。在战斗中，他表现出军事家的才能和领袖风度，希腊军民都拥戴他。

不幸在一次风雨出巡中，拜伦受了风寒，一病不起。1824年复活节那天，希腊军民为了能让他安心养病，一改放枪放炮

拜伦在希腊

庆祝节日的习俗。然而就在第二天——4月19日，诗人还是离开了人世。希腊人民无比悲痛，举国致哀二十一天！直到今天，希腊还把这位英国诗人当作本民族的大英雄来纪念呢！

　　拜伦的代表作，除了前面提到的两部长诗，还有诗剧《曼弗雷德》《该隐》等。此外，他的抒情诗也写得十分动人，有一首《雅典少女，在我们分别前》是人们常常提到的。全诗四节，第一节这样写道：

　　　　雅典少女呵，在我们分别前，
　　　　把我的心，把我的心交还！
　　　　或者，既然它已经和我脱离，
　　　　留着它吧，把其余的也拿去！
　　　　请听一句我临别前的誓语，
　　　　你是我的生命，我爱你！

诗中的少女，是诗人游历希腊时，在雅典结识的。他全身心爱着这姑娘，人分开了，心却留了下来！拜伦对希腊有着特殊的感情，他最终死在希腊，遗体被运回英国，心脏却留在了那儿——这正应了诗中的话，也算是巧合了！不过诗人心目中的雅典少女，正可以象征整个希腊呢。

拜伦的天才无与伦比。他自己说，他的绝大部分诗，都是在更衣换装时灵感袭来，就那么匆匆写下的。拜伦的诗人气质，使他的一生也像是一首激情澎湃、忧郁多思的诗歌。他在诗中塑造了拜伦式的英雄，他自己又何尝不是最典型的"拜伦式英雄"呢！

济慈：声名长存水长流

济慈的墓碑

拜伦只活了三十六岁。在当时的英国，还有一位年寿更短的诗人叫济慈，只活了二十六岁。

济慈（1795—1821）最初学的是医学，写诗只是业余爱好。后来却"喧宾夺主"，把写诗当作主业，医学反而荒疏了。他仰慕湖畔诗人华兹华斯，写诗也是浪漫主义一派。有名的长诗有神话题材的《恩底弥翁》、取材于《十日谈》的《伊萨贝拉》以及《圣爱格尼斯之夜》等。

　　济慈谈到写诗，特别强调"天然接受力"。说是一位真正的诗人，对美会有特别敏锐的感受能力。还说自己如果要写一只麻雀，便能深入到麻雀的性格里去，跟麻雀一块儿到瓦砾中去啄食谷粒！

　　济慈的诗细腻幽深，色彩鲜艳，形象生动。听听《夜莺》里的这一节：

> 唉，要是有一口酒！那冷藏
> 在地下多年的清醇饮料，
> 一尝就令人想起绿色之邦，
> 想起花神、恋歌、阳光和舞蹈！
> 要是有一杯南国的温暖，
> 充满了鲜红的灵感之泉，
> 杯沿明灭着珍珠的泡沫，
> 给嘴唇染上紫斑；
> 哦，我要一饮而悄然离开尘寰，
> 和你同去幽暗的林中隐没。

这是诗人坐在女友花园中的梅树下，听着夜莺的啼叫，一口气吟成的。这诗本身就像是一杯诱人的醇酒，让人未饮先醉，沉迷于爱的氛围中……

　　济慈对自然之美有着独到的领悟。除了这首《夜莺》，还有

《哀感》《心灵》等，都是在他二十四五岁时写成的抒情佳作。可惜天才的果实一熟，生命的枝叶竟凋谢了。年轻的济慈是染上肺病去世的。在他的墓碑上，刻着他自题的墓志铭："此地长眠者，声名书水上！"

流水是无尽的，只要流水常在，诗人的荣名与诗作也将一同长存。——据说另一位英国大诗人雪莱死时，衣袋里装的就是济慈的诗集。

四一、呼唤春天的雪莱（18—19 世纪，英国）

热情似火的雪莱

雪莱

雪莱（1792—1822）比济慈还年长几岁，他是拜伦的好朋友，与拜伦齐名。他俩是在瑞士的日内瓦湖畔相识的，见面一交谈，真是相见恨晚！一来，两人都是才华横溢的年轻诗人，对诗歌有着共同见解；二来，他俩又都思想激进，为英国社会所不容，被迫漂泊异邦。

雪莱比拜伦小四岁，也是贵族出身。他自幼喜欢独立思考。后来在牛津大学学习时，因为写了一个小册子《无神论的必然性》，被学校当局开除。爹爹一怒之下，断绝了他的经济来源。雪莱刚好认识了女学生哈丽特，两人结了婚，跑到爱尔兰去宣传民族解放思想。

后来雪莱又结识了哲学家葛德文，从他那儿接受了不少无政府主义思想。不久他对葛德文的爱女玛丽产生了爱情，带着她私奔到了瑞士。——雪莱的婚变本来是个人私事，可一些人却闹哄哄地指责他，法院也剥夺了他对两个孩子的监护权。说到底，这还不是因为他的自由思想惹恼了统治者！

"抒情诗之花"：《解放了的普罗米修斯》

其实雪莱是个纯洁无邪的人。他酷爱自由，渴求人世间的平等。他用他那火一样的热情，在诗剧《解放了的普罗米修斯》中，锻造了普罗米修斯的完美形象。这位提坦巨人道德高尚、胸襟宽广，一切人间的美德，全都集中在他身上。

还记得希腊戏剧家埃斯库罗斯有个失传的同名剧本吗？据说在那个剧本里，普罗米修斯最终跟天上的统治者言归于好，雪莱不喜欢这个结局，他说：一个为人类造福，一个压迫人类，两者怎么能凑到一块儿去呢？

在雪莱的诗剧里，普罗米修斯由于反抗神王朱庇特，被绑在悬崖上，经受了三千年的风吹雨打、秃鹰剥啄！可这一切丝毫动摇不

绘画中的普罗米修斯

了他的反抗决心。他是凭着对人类的爱，忍受着痛苦煎熬的……

最终，朱庇特被自己的儿子打下宝座、堕入深渊。普罗米修斯则被大力士赫拉克勒斯从悬崖上解救下来。他派精灵向人间宣布了解放的消息，于是整个宇宙都沉浸在一派爱的光辉里：

只见许许多多的宝座上都没有了皇帝，

大家一同走路，简直像神仙一样！

他们不再互相谄媚，也不再互相残害；

人们脸上不再显示仇恨、轻蔑、恐惧……

人类从此不再有皇权统治，无拘无束，自由自在，

一律平等，

…………

每个人就是管理他自己的皇帝，

每个人都公平、温柔和聪明！

这景象多么诱人！当雪莱的笔在纸上飞舞时，他一定透过诗行，看到了这光明灿烂的景象，激动得热泪盈眶呢！

《解放了的普罗米修斯》是雪莱最伟大的作品。剧中综合了各种诗体：颂歌体、十四行体、斯宾塞体、双行体、古希腊合唱体……总之，古今诗坛上的各种优美诗体，都能从诗剧中找到，难怪人们称誉它是"抒情诗之花"。

《钦契一家》：与恶人偕亡

雪莱的另一部诗剧《钦契一家》，差不多是跟《解放了的普罗米修斯》同时完成的。钦契是个真实的历史人物，是 16 世纪意大利的一个"恶魔"。他身为贵族，广有钱财，却无恶不作。他以杀人为快乐，拿呻吟当歌曲。他曾举行盛大宴会，为的是庆贺他的两个儿子死于非命！他还强奸了亲生女儿贝特丽采，并扬言早晚要把全家收拾掉！

贝特丽采痛苦极了：是默默忍受呢，还是奋起反抗？诉诸法律吧，只能是家丑外扬；自杀呢，又太便宜了这个恶棍！姑娘最后下了决心：杀死钦契，惩罚恶人！哥哥与继母全都支持她，于是两名刺客被派去行刺。——可事到临头，两名刺客竟然手软了。还是姑娘夺过匕首，指挥刺客掐死了睡梦中的恶魔，姑娘也因此上了法庭。

贝特丽采在法庭上替自己做了令人心服的辩护，法官当堂宣布她无罪。可教皇传来命令：姑娘与哥哥、继母全部处死！在教皇看来，如果不严惩犯上者，早晚有一天"年轻人会趁咱们在椅子里打盹儿时把咱们都掐死"。——贝特丽采没有求饶，她安慰了哥哥和母亲，绾了绾头发，从容镇定地走上了刑场……

如果说《解放了的普罗米修斯》是爱的合唱曲，那么《钦契一家》就是一支反抗者的颂歌！贝特丽采面对力量强大、高高在上的恶魔，竟是那么坚强镇定、敢作敢为。世界文坛上没有几个女子形象可以跟她相比！

剧中还暗示，钦契最肯在教会身上花钱，教皇就曾得到过他的葡萄园和金币。这么一看，贝特丽采的悲剧结局，是早已注定了的。

"冬天已经来到，春天还会远吗"

除了长篇诗剧，雪莱的抒情短章也很出色。像《云》《致云雀》《致月亮》《悲歌》等，都是名篇。有一首《西风颂》，是雪莱最有名的抒情诗。那是他 1819 年在佛罗伦萨写成的。

全诗共五节，前三节写西风扫落黄叶，挟风带雨把地中海从夏天的沉睡中吹醒，让大西洋染上庄严的秋色。后两节写诗人希望自己跟西风一样无拘无束、迅猛而睥睨一切！最后诗人向西风叮嘱说：

> 愿你从我的唇间吹出醒世的警号，
>
> 西风哟，如果冬天已经来到，春天还会远吗？

诗人愿意化作西风，扫尽败叶；而他的眼睛，正在眺望那明媚的春光呢！

1822 年 7 月的一天，雪莱乘着拜伦的"唐璜"号帆船出海

雪莱曾入牛津大学读书

访友，归途中遇上了风暴……几天以后，他的遗体被海浪冲到了岸上。还是他的好友拜伦替他料理了后事。

据说他的遗体火化之后，那颗心却是完整无损的，跟金子打成的一样。这颗心就被埋在罗马的一处墓地里，并竖起一块墓碑，上面用拉丁文刻着"心之心"。——这一年，雪莱还不到三十岁。

四二、司汤达《红与黑》(附史达尔夫人、夏多布里昂，18—19世纪，法国)

浪漫主义思潮在法国

浪漫主义的理论最早源于德国，其文学成就却以英、法两国最高。英国的湖畔诗派及拜伦，前面已经说过了。就是司各特的历史小说，也带有明显的浪漫色彩，并非实打实的历史描述。

在法国，浪漫主义文学达到巅峰，雨果、大仲马，都是如雷贯耳的名字。这里先介绍两位早期的法国作家史达尔夫人和夏多布里昂。

虽然同属浪漫主义作家，这两位的人生哲学、政治态度并不完全一致。史达尔夫人（1766—1817）原名热尔曼娜·内克，出生在一个大银行家家庭。后来她嫁给瑞典驻法国大使史达尔男爵，于是用了丈夫的姓。

史达尔夫人才思敏捷，学识渊博，出入法国上层社会的沙龙，走到哪儿都是聚会的中心人物。她在政治上赞同资产阶级革命，对英国的君主立宪一向很倾慕。

她在文学理论上成就很高。有一部《论文学》，是她三十二岁那年发表的，她在文中阐述了宗教、风俗及法律与文学之间的相互影响。她还把欧洲文学分成南、北两类，说英、德、北欧代表着北方文学，富于想象力，情感更炽烈，也更具哲理性；古希腊、罗马及意大利、西班牙、法国代表着南方文学，却是追寻古人足迹，亦步亦趋的，因而她更喜欢北方文学。她的这部著作，成了法国浪漫主义的宣言。

同是浪漫派，夏多布里昂（1768—1848）却是保守派中的才子。他出身贵族，为人高傲自负，性格孤僻、耽于幻想。他参加过保王党军队，打过仗、负过伤。王政复辟时候，还做过高官。

他的两部小说《勒内》和《阿达拉》，都是宗教味儿很浓的作品。看看前一部吧。主人公勒内是个身世飘零的法国贵族子弟，性情忧郁、落落寡合。为了摆脱孤独，他独自出国去旅行。

但无论走到哪儿,苦闷总跟着他。

他唯一的知心人是姐姐阿美利,可阿美利却突然不辞而别,进了修道院。后来他才知道,姐姐竟暗中爱恋着他,不得不到宗教中去寻求解脱。勒内痛苦万分,决心远走美洲,最终皈依了基督教。

夏多布里昂

有人说,勒内是患了"世纪病"。——大革命一起,封建贵族的封地成了资产阶级的乐园;一代贵族子弟成了失巢的鸟儿,怎么能不忧郁彷徨呢?这的确是没落阶级的绝症啊!

夏多布里昂的文笔很漂亮,异域风光以及基督精神,在他笔下都极富感染力,有人称他是"法国浪漫主义之父"。但也有人讨厌他的卖弄与夸张,司汤达就把他称作"伪善者之王"。

话说法国大革命

司汤达是法国现实主义的奠基人,但他对浪漫派并不反感,还曾写文章为他们辩护呢。至于他的现实主义名著,就是那本脍炙人口的长篇小说《红与黑》。

介绍司汤达,就不能不先说说法国大革命。这是 1789 年爆发的一场资产阶级革命。那时资产阶级的代表单独组成国民议会，要求改革封建政治。法王路易十六派兵镇压，杀了不少人。于是巴黎全城的老百姓都行动起来，捣毁了关押政治犯的巴士底狱！法王开头还假惺惺地表示拥护革命，暗地里却勾结外国军队准备反扑。后来狐狸尾巴露出来，这位国王也被送上断头台。这是1793年的事。

资产阶级建立共和国后，领导层里派别纷争挺厉害。政权几度转手，最终让一位屡建战功的将军夺去，这人就是野心勃勃的拿破仑。他在1799年夺得政权，五年以后，又将共和国改成帝国，自己当了皇帝。——有人说，法国资产阶级革命就到这一年为止；不过还有别的说法，认为直至1815年才结束。

这以后，拿破仑野心膨胀，妄图兼并俄国，结果在莫斯科城下打了败仗，回国后被流放到一座小岛上。路易十六的弟弟路易十八乘机复辟。然而没多久拿破仑又偷偷逃回，纠集了千军

攻占巴士底狱

万马，再进巴黎，重掌大权。

这时英、俄、奥、普等国结成联军，向巴黎杀来。1815 年 6 月 18 日，双方在滑铁卢展开一场血战。拿破仑终因寡不敌众，再度失败，被关到大西洋一座孤岛上，一直到死。法国资产阶级革命，也算告一段落。

司汤达：曾随拿破仑打天下

司汤达（1783—1842）出生在法国东南部的格勒诺布尔。父亲是个有钱的律师，思想保守，待人总是冷冰冰的。母亲却正相反，又漂亮又温柔，司汤达从小就依恋着她。

可不幸的是，在司汤达七岁那年，母亲去世了。幸而外公是个思想开通的好老头，他成了小司汤达"真正的朋友"。司汤达跟着外公读了不少书，同时接受了启蒙思想；对拥护皇上的父亲也更加反感。后来父亲因反对共和而被捕，司汤达不但不难过，反认为他罪有应得。

司汤达六岁那年，正赶上法国大革命爆发。看着满街的队伍和旗帜，他高兴得手舞足蹈。不久他进了共和以后开办的学校，受到进步教育，思想

司汤达

也更加成熟。在领袖人物里，他最崇拜拿破仑。十六岁那年，父亲让他去巴黎考大学，他却骑上马追随拿破仑打天下去了。

司汤达先后两次参军，还曾随军远征俄罗斯，一直打到莫斯科城下。兵败归来后，他自知贵族们绝不会让他过舒坦日子，于是动身前往意大利的米兰，在那儿一住就是七年。

在意大利，他真是如鱼得水。除了读书和旅行，他对意大利灿烂的文化遗产产生了浓厚兴趣，写了好几部音乐、绘画的评论专著，还结交了拜伦。他们志同道合，共同支持烧炭党人的秘密活动。为了这个，奥地利统治者把他们当危险分子驱逐出境，三十八岁的司汤达只好回到巴黎。

在巴黎，等着他的是挨饿。这会儿拿破仑已经失败，路易十八二次复辟，当然没有司汤达的好果子吃。可是饿肚子，并没妨碍他张嘴说话。他常常在自由派的沙龙里发表反复辟的大胆言论，还给英国报刊投稿，抨击、讽刺法国的政治。此外他还写了不少文艺理论著作，像那部《拉辛与莎士比亚》就很有名。

司汤达真正拿起笔写小说，是四十岁以后的事。1827 年，他的头一部小说《阿尔芒斯》问世了。小说写一对青年男女的恋爱悲剧，背景是 1825 年法王拨巨款为贵族赔偿损失的这段历史。书出版后，不仅没引起读者注意，反而招来朋友们的批评。而另一部小说，已开始在司汤达脑子里酝酿，就是《红与黑》。

《红与黑》：木匠儿子爱上市长夫人

《红与黑》的男主角叫于连，他本来是法国外省小城维立叶尔一个木匠的儿子。但他志向不凡，从小崇拜拿破仑，渴望有朝一日能进入军界，建功树勋、出人头地。后来小城盖起教堂，小于连忽然对宗教产生兴趣，声称要当个神父，并把一部拉丁文的《圣经》念得滚瓜烂熟、倒背如流。

地方上出了这么个年轻才子，立刻就有人请他去做家庭教师。请他的是市长德瑞那，一个保王党人，既平庸又粗鄙。他的妻子虽然年已三十，却仍旧十分漂亮，她是在圣心修道院长大的。她看不起粗俗的丈夫，便把一颗心全放在三个孩子身上。

可是现在来了位年轻的家庭教师，人是那么英俊，又那么聪明、傲气。不知不觉地，德瑞那夫人竟爱上了这个十九岁的年轻人。她爱得那么认真而又热烈。

于连有一幅拿破仑像，他把它藏在床上的草褥里面。正赶上这天市长指挥仆人更换所有房间的草褥，画像若是被人发现，于连就完了！就在这紧急关头，德瑞那夫人冒着被丈夫发现的危险，替于连取回了画像。这全是爱情的驱使！德瑞那夫人还在皇帝驾到时，安排于连做了仪仗队队员，让他在众人面前大出风头。

《红与黑》插图

开始时，于连并不真的爱德瑞那夫人。他对自己厕身的这个上流社会又仇恨又蔑视，他的野心大着呢。而一位高贵美丽的妇人爱上自己，又叫他的自尊心得到满足。可是没过多久，他也深深陷入这热恋之中。

不过德瑞那夫人的心却从此不得安宁。她的小儿子得了重病，她觉得这是上帝惩罚自己。爱情给她带来欢乐，也给她带来无穷无尽的悔恨和痛苦。终于有一天，一封匿名信寄到德瑞那市长那里，隐情被揭穿了。写信的是市长的政敌哇列诺，他曾一度追求过德瑞那夫人，没能得手，正怀着醋意呢。

市长怎么处理这事？他不能赶走妻子，因为她有个阔姑妈，将给她留下一大笔遗产。至于于连，那就只好请他去"度假"啦。就这样，于连去了省里的神学院。

于连凭着自己的聪明与勤奋，很快成了院长彼拉神父的得意门生。后来院长又把他推荐给木尔侯爵当私人秘书。在去巴黎之前，于连又偷偷回了一趟维立叶尔。经过十四个月的别离，他跟德瑞那夫人不但没疏远，反而更加难舍难分。

侯爵小姐的浪漫夙愿

木尔侯爵对这个精明强干的年轻人十分赏识，于连自然也不会轻易放过任何向上爬的机会。为了完成政府交给的外交使命，他不惜冒生命危险；为此他得到一枚十字勋章，同时还赢得了侯爵小姐的爱慕。

侯爵小姐玛特尔是个傲气十足的姑娘，美丽、聪明、高贵、富有，她全具备了，她又怎能不骄傲呢！

她对家族中的一段秘史十分神往：她的一位祖上因与皇后偷情被砍了头，皇后深更半夜坐了马车，抱着情人的头颅把它埋在一处山脚下。这样的爱情多么浪漫，又多么刺激！

不少王孙公子追求玛特尔，可她偏偏看上了没钱没势的于连。不过她的脾气也是够难对付的。她让于连在大月亮底下爬梯子进她的卧室，为的是考验他的胆量。于连对她傲慢无礼时，她反而顺从得像只猫；于连刚表现出温情来，她又大发脾气、连损带挖苦。

不管怎么样，两人算是好上了，玛特尔还怀了孕。家丑不可外扬，侯爵只好给了于连一大笔钱，还给他弄了张骠骑兵中尉的委任状，甚至给他另寻祖宗，说他是一位贵族的私生子。——侯爵的女婿，当然不能是个平头百姓啦。

根据《红与黑》拍摄的同名电影剧照

正当于连做着荣华梦的时候，他接到玛特尔的一封信，信上写着："一切都完了！"——怎么回事？原来德瑞那夫人给侯爵写了一封揭发信，这一来，于连的大好前程算是断送了！

于连读了玛特尔的信，二话没说，跳上车就去了维立叶尔。他下车买了两把手枪，走进教堂，看见德瑞那夫人正在做祷告呢。于连朝她连发两枪，德瑞那夫人倒下了，于连也因此进了班房。

首席陪审官就是以前写过匿名信的哇列诺，如今他当上了省长。于连知道，贵族绝不会轻饶自己的；不同阶级之间，还会有什么同情和怜悯吗？果然，于连以蓄意谋杀罪被判处死刑。他不打算上诉，宁愿这么勇敢地死去。他不能让人撇着嘴说：到底是木匠的儿子，瞧，他害怕了！

德瑞那夫人不顾伤痛和别人议论，到牢里探望他。于连这才知道，揭发信是由她的忏悔神父起草，逼着她誊写的。到这一刻，两人才觉出，他们相互间爱得多么深、多么无所畏惧！——玛特尔也来探监，不过于连发现，自己一点儿也不爱她。

于连死后的当天夜里，玛特尔再次赶来。她把于连的头颅捧起来吻了又吻，然后乘着马车把头捧到一处山洞里掩埋了。她到底实践了那个神秘而浪漫的凤愿！几天后，德瑞那夫人也离开了人世。

于连：个人奋斗成样板

这是个哀婉动人的故事。于连的形象尤其令人难忘。他高傲而又顽强，永远以奋斗的姿态出现。他完全凭着个人的力量和才智，从平民小巷，一直攀登到贵族社会的大门口。这个行动本身，不就是对等级森严的封建社会的挑战吗？

普天下的年轻人，谁没有点儿狂妄与"野心"？于连的形象，成了他们心目中个人奋斗的样板啦！

于连的性格里充满了矛盾。他恨上流社会，却又拼命往里钻。他讨厌虚伪，可为了适应环境，又不能不假意应酬。他崇拜拿破仑，最爱读卢梭的书；可他又接受保王党的勋章，替皇帝效力……到头来，一切努力都落了空。其实即使没有德瑞那夫人的信，贵族社会也不会听凭这个穷小子大摇大摆闯进他们的客厅的。

小说中几个人物的心理活动，被作者描画得细腻而逼真。司汤达本来就是位心理分析专家，还发表过心理学的专著呢。这部小说，也被看作法国现实主义的第一部社会心理小说。

至于小说的命名，有人说，"红"是军服的颜色。于连不是从小醉心于拿破仑的丰功伟绩吗？"黑"则代表着教会的黑袍。这一红一黑，正代表了两股政治势力。

小说内容还涉及了从外省小镇到省会，再到首

影视中的于连形象

都巴黎的广阔范围，描画出王政复辟时期的社会图景。作者给这书加的副标题是"1830年纪实"，可见这部书并非单纯的言情小说。

"写作过，恋爱过，生活过"

司汤达的小说，永远以眼前的社会做背景。他还写过一部《吕西安·娄凡》，又名《红与白》。书虽然没能最终完成，但仍不失为半部杰作。书中写大银行家之子吕西安历经军政两界，以及涉足外交事务的经历，背景即是"七月王朝"时期。

他的另一部长篇小说《巴马修道院》，本来取材于中世纪一段真实历史。司汤达却把这个故事挪到19世纪，还让小说主人公投奔拿破仑，参加了滑铁卢大战。司汤达对自己生活那个时代，感情太深啦。

司汤达晚年在外交部供职，曾任教皇统治下一个小城的领事，官场并不得意。他病逝于1842年，这年他五十九岁。

司汤达一生有过十几次恋爱，却终身未娶。为

《红与黑》中译本

他送葬的，只有他的妹妹、表弟和几个朋友，其中包括法国小说家梅里美和侨居法国的俄国小说家屠格涅夫。

司汤达曾在米兰待过七年，他把米兰当成了第二故乡。死后他的墓碑上刻着这样的铭文："亨利·贝尔，米兰人，写作过，恋爱过，生活过。"——亨利·贝尔是司汤达的本名。

司汤达在世时，他的小说不怎么受人重视。只有歌德、巴尔扎克、福楼拜等几位大家看重他的作品。当然，司汤达是知道自己作品的价值的，他预言说：到一百年后，人们才会阅读我的作品！

他说得不错。以后现实主义成了文学的主流，又出了那么多名著，涌现出那么多鲜明生动的人物形象，可是人们忘不了《红与黑》，忘不了傲岸不羁的于连，也忘不了司汤达这位现实主义文学的先驱者。

四三、密茨凯维奇、显克维奇
（18—19世纪，波兰）

密茨凯维奇长诗《塔杜施先生》

再来看两位波兰文学家——密茨凯维奇和显克维奇。

波兰有着优秀的文化传统。虽然18世纪末叶，俄国、普鲁士和奥地利瓜分了波兰，可波兰的民族精神却凝聚不散。

波兰有位世界闻名的音乐天才叫肖邦，他离开祖国去远游，

密茨凯维奇

身边总带着一只银杯，杯中装着波兰的泥土。这只银杯跟了他一辈子，死时还被他抱在怀里。这只银杯，正是波兰人民爱国精神的象征。——同样，密茨凯维奇和显克维奇的心里，也有着这样一只银杯。

密茨凯维奇（1798—1855）是个律师的儿子，从小生活在乡下，听着乡村中的民歌民谣长大，很早就对诗歌产生了浓厚兴趣。上大学后，他参加了地下爱国组织，写出《青春颂》那样的诗歌来。1830年华沙起义时，《青春颂》成了起义军的战歌。

密茨凯维奇的代表作，是长篇叙事诗《塔杜施先生》。塔杜施是个波兰贵族青年，诗篇开始时，他正到叔叔的庄园做客。他叔叔是位法官，因为土地和城堡的归属问题，跟一家邻居结了仇。那家邻居是个伯爵，多年以前，法官的哥哥曾杀死了伯爵的一位远亲御膳官老爷。

一次法官和伯爵不约而同到森林里去打猎，突然有一头黑熊向伯爵和塔杜施扑来。就在这千钧一发的当口，神父洛巴克赶来，一枪结果了黑熊。

在打猎归来的晚宴上，伯爵和法官又为一张熊皮争得面红耳赤，大打出手。伯爵没占到便宜，便连夜带人包围了法官的住宅，把法官一家人锁起来，宅子也被洗劫一空。

谁知这时来了一队俄国兵。俄国少校命令把伯爵一伙绑起来，说是要严惩。法官反倒替伯爵求情，可俄国少校哪里肯听！

这时，洛巴克神父又出现了。他让法官拿酒招待俄国人，待他们喝得烂醉如泥时，法官便释放了伯爵，两家人联手向俄国人发起进攻。——俄国少校被打死，俄国兵死的死、伤的伤。神父为了救护伯爵受了重伤，在垂危之际，他吐露了自己的身世。

原来洛巴克神父正是法官的哥哥、伯爵的死敌，同时也是塔杜施的父亲。当年，洛巴克爱上了御膳官的女儿。可御膳官却从中作梗，把一对有情人活活拆散了。洛巴克虽然另娶妻子，生下塔杜施，可对御膳官却耿耿于怀，终于找机会杀了他。

不想正赶上俄国人来攻打御膳官的城堡，洛巴克无意中当了俄国人的帮凶啦。为了弥补自己的过失，以后他便化装成神父，暗地里投身反抗俄国人的事业，并把御膳官的外孙女佐霞抚养成人，那是塔杜施正在追求的女孩儿。

神父死后不久，波兰军队跟拿破仑协同作战，赶走了俄国人。塔杜施和佐霞也喜结良缘。在盛大的宴会上，人们随着乐声跳起欢快的民族舞蹈。既是庆祝有情人的结合，更是欢庆自由生活的到来！

密茨凯维奇还写过著名的诗剧《先人祭》，那同样是一部歌颂波兰人民反抗俄国统治者的作品。后来诗人索性放下笔，亲自组织志愿军为祖国的自由解放而战。可惜壮志未酬，病死在异国他乡。

显克维奇《你往何处去》

跟密茨凯维奇相比，显克维奇（1846—1916）算是小字辈，因为同是波兰文学家，也在这里一起介绍。显克维奇的长篇小说《你往何处去》，曾获 1905 年诺贝尔文学奖。

在古罗马时代，基督教刚刚诞生，还只是在民间秘密传播，罗马统治者把它视为异端邪教。

那会儿的罗马皇帝是暴君尼禄，他异想天开，想写一部史诗，好使自己跟荷马齐名。史诗的内容是写罗马城的毁灭，单单为了这个原因，他暗地派人放火焚烧罗马城，自己站在远处的高山上观看火势、捕捉"灵感"。

尼禄明明自己作恶，却嫁祸于人，把放火罪名加在基督徒身上，对他们横加迫害。他火烧基督徒取乐，还建了一座大角斗场，把基督徒捉去喂狮子、喂老虎。

有个美丽的姑娘丽吉亚也信仰基督，她是个外国首领的女儿，被留在罗马当人质。尼禄连她也不放过，把她绑在了一头狂暴的大公牛的犄角上！

丽吉亚有个形影

显克维奇

不离的大力士保镖，见女主人受害，便冲上去抓住公牛的犄角，一下子扭断了牛脖子。年轻的罗马军官维尼兹尤斯正热恋着姑娘呢。他救下姑娘，两人双双逃出罗马，去寻求充满爱与和平的新生活。

最终罗马人民起来暴动，尼禄的末日到了！看似软弱的基督徒，凭借着精神的力量，终于战胜了貌似强大的暴君。

显克维奇出生在一个波兰贵族家庭。他生活的年代，波兰依然被俄国人和普鲁士人统治着。他们规定：波兰人在法庭、学校等公开场合，不准讲波兰语。显克维奇当时正在华沙帝国大学学习医学和文学，成绩优异，马上就要毕业了。但为了表示抗议，他拒绝参加毕业考试，就那么退了学。——他是个有血性的青年！

显克维奇决心用文学唤起人们的民族意识，他觉着头一件事就是不能让波兰人忘记自己民族的历史。他写了"火与剑三部曲"，包括《火与剑》《洪流》《伏沃迪约夫斯基先生》，讲述波兰军民反对分裂，抗击瑞典、土耳其侵略的斗争历史，读了令人备受鼓舞。

"十字军骑士"止步波兰

《十字军骑士》是显克维奇又一部历史小说。这里的十字军骑士指的是条顿骑士团，那是由日耳曼骑士组成的宗教军团，十三四世纪时曾四处侵略、气焰嚣张。

后来波兰与立陶宛、俄罗斯组成联军，一举打垮了骑士团，普鲁士也一度成为波兰的从属国。——《十字军骑士》写的就是波兰人这段可歌可泣的历史。

贵族尤伦德是受人尊敬的波兰骑士。五年前，十字军骑士团偷袭了他的城堡，杀死了他的妻子；他的女儿达奴莎被一位公爵夫人接去抚养。有个叫兹皮希科的年轻骑士爱上了达奴莎，发誓要替她报杀母之仇。

有一回兹皮希科在大路上遇到一队十字军骑士，便不问青红皂白冲杀过去。哪知这队人马是骑士团派去觐见波兰国王的。——"两国交兵，不斩来使"，谁伤害了使者，是要抵命的！

眼看兹皮希科被送上了绞架，突然有个姑娘赶来，把纱巾抛向年轻的骑士。——原来波兰有个古老的习俗：一个死囚只要能得到一位姑娘的爱，就可以得救。不用说，让兹皮希科死里逃生的，正是达奴莎。

十字军骑士团不甘心，他们假造了一封尤伦德的书信，把达奴莎骗出公爵府，抓走了她。为了救心爱的女儿，尤伦德独自一人来到了骑士团的城堡。

尤伦德赤手空拳跟对方的甲士格斗，城堡总管也被他摔死在地上。可狮子再勇猛，也斗不过群狼啊。最终他被绑了起来，敌酋德劳夫命令挖掉他的双眼、割下他的舌头、砍下他的右臂，然后把他赶出了城堡。

兹皮希科这时已加入立陶宛军队，抗击十字军。当他攻入敌巢找到达奴莎时，姑娘已被折磨得发了疯了。

不过残忍的德劳夫也在这次战斗中落到了兹皮希科手里。兹皮希科把他交给尤伦德处置，尤伦德怎么对待这个屠夫呢？他割断了绑绳，把他放啦。——面对尤伦德以德报怨，德劳夫羞愧交加，就在路边的树林子里用一根绳子结果了自己的性命。

最终兹皮希科率领勇士们参加了1410年波兰跟十字军骑士团的那场大决战。在那场大战中，十字军骑士团全军覆没，兹皮希科到底为自己的心上人报了仇！

《十字军骑士》情节曲折，人物生动。书中刻画了骑士团的野蛮与凶残，也展示了正义一方宽宏博大的胸怀和境界——被压迫民族中孕育着巨大的精神力量，这是显克维奇在许多作品中一再强调的。

四四、俄罗斯文学之父普希金（19世纪，俄国）

说说俄罗斯

18世纪末19世纪初的世界文坛上，大师级的文学家接二连三地涌现。单是1800年前后的四五年里，就诞生了英国的济慈（1795年），德国的海涅（1797年），俄国的普希金（1799年），法国的巴尔扎克（1799年）、雨果（1802年）、大仲马（1802年）、梅里美（1803年），丹麦的安徒生（1805年）……全是文学史上的"圣人"！

就来说说俄罗斯大诗人普希金吧，他的名字在二百多年后仍然如雷贯耳。

十四五世纪以前，俄罗斯只是些分散的小公国，不断受到外族威胁。还记得俄罗斯的英雄史诗《伊戈尔远征记》吧？里面

普希金读书的皇村，叶卡捷琳娜宫坐落于此

就记录了那样的历史片段。

后来莫斯科大公伊凡三世赶走了蒙古人，统一了俄国。他的儿子伊凡四世——就是那个杀死了亲儿子、被称作"伊凡雷帝"的家伙，自封为全俄国的沙皇。

从那时起，这个农奴制的封建帝国便日益强大，沙皇也代代相传。这中间出过彼得大帝那样的雄主，也出过女皇——叶卡捷琳娜。

到了19世纪中叶，由于受法国革命和俄法战争的影响，一群有见识的俄国贵族看出这个老大帝国的衰朽与没落，打算效法法国革命，推翻沙皇、改革政治。就在亚历山大一世突然死去、帝位空虚之际，这批贵族率领造反军队占领了京城彼得堡的元老院广场，向皇家骑兵开了火。

沙皇的弟弟尼古拉凶残地下令向广场开炮！结果起义被镇压下去，参加起义的贵族们死的死、关的关，下场凄惨。——由于这次起义发生在1825年俄历十二月，日后人们便把这些贵族革命者称作"十二月党人"。

不过"十二月党人"的鲜血没有白流，彼得堡的枪炮声唤醒了沉睡着的俄国民众，让他们从铁桶般的黑暗中见到了一线光明。

普希金（1799—1837）的一生及创作，就跟"十二月党人"有着密切联系。

普希金在皇村

还是从普希金的家世说起吧。

普希金出生在莫斯科一个贵族之家。他的远祖是普鲁士移民，以后好几代做过沙皇驾下的重臣。不过到他父亲这一辈，家道已经衰落。

他父亲是个禁卫军官，厌倦了宦海生涯，只喜欢在家里读读书、排排戏。母亲这边呢，普希金的曾外公本是俄国宫廷里的黑奴，由于能力超群，深受彼得大帝器重，后来竟做到了将军。普希金黝黑的皮肤和卷曲的头发，八成就是这位曾外公的"赐予"！

普希金自幼聪明

普希金

好学；父母也特别重视他的教育，为他请了好几位家庭教师，教他俄语、法语、拉丁语以及绘画、音乐等。父亲书房里有的是藏书，客厅里也常常挤满文人雅士。普希金就在这浓郁的文学氛围的熏陶下一天天长大了。

提到启蒙老师，得特别说说他的奶娘。她是个目不识丁的女奴，却会讲很多动人的民间故事。奶娘的形象以及她讲过的故事，日后都出现在普希金的诗歌里。

此外，普希金还有个伯伯，是当时很有名气的诗人。普希金十二岁那年，就是被伯伯领着去投考皇村学校的。

皇村学校设在彼得堡郊区，教师都是出类拔萃的学者，能进这所学校的全是贵族子弟。开学典礼那天，沙皇也亲自驾临。他满打算把这里办成培养忠诚奴仆的基地，谁知日后这儿却成了"十二月党人"的温床！

普希金在这儿涉猎各种知识，读了大量书籍，还结交了不少有自由思想的朋友。他的诗才，也是从这时萌发的。

有一回，他在学校当众朗诵自己的诗作《皇村回忆》，把来参观的大诗人杰尔查文感动得热泪盈眶。杰尔查文擦着眼睛说："将来接替我的人在这儿呢！"——这以后，普希金不但常在报上发表诗歌，还成了大诗人的座上客。

在普希金之前，俄国也出了好几位有名的诗人。如老诗人杰尔查文（1743—1816）就是一位。还有寓言家克雷洛夫（1769—1844），有人把他的寓言诗看作俄国现实主义文学的开端。再如茹科夫斯基（1783—1852），是公认的俄国浪漫主义诗歌的奠基人，又是普希金的老师和朋友。茹科夫斯基还当过沙皇的老师，跟宫廷关系密切。普希金和"十二月党人"遭受迫害，多亏他从中保护!

歌唱自由，得罪沙皇

从学校毕业，普希金进外交部当了个小文官。业余时间，他依旧勤奋写诗。长篇叙事诗《鲁斯兰和柳德米拉》就是这时写成的。诗中讲述的是一个民间传说故事，情节曲折，想象丰富，还运用了生动的民间口语。一些自命高雅的守旧文人看不上它，可真正的诗人却看出了这诗的价值。

这期间，普希金还写了不少抒情诗和政治讽刺诗，像《自由颂》《乡村》《童话》《致恰达耶夫》等。这些诗在民间广泛流传，也被宪兵抄送到沙皇的案头。

亚历山大一世读了不禁大怒，拍着桌子命人把这个胆大包天的年轻人流放到西伯利亚去! 是什么惹得沙皇大发脾气呢? 读读《自由颂》中的这几行吧:

《鲁斯兰和柳德米拉》插图

我要给世人歌唱自由，

我要打击皇位上的罪恶……

战栗吧！世间的专制暴君，

无常命运的暂时宠幸！

而你们，匍匐着的奴隶，

听啊，振奋起来，觉醒！

多亏有人替普希金说情，沙皇才勉强同意把流放改成"调动职务"。就这样，普希金离开了京城彼得堡，前往南方。这是1820年的事。

普希金在基尼涅夫一待四年，他饱览南俄的自然风光，还参加"十二月党人"的集会，并写下不少优秀诗篇。其中有《高加索的俘虏》《短剑》《致西伯利亚的囚徒》等。

《茨冈》：这里人人爱自由

四年后，普希金又被调到敖德萨，最终被流放到他父母的领地米哈伊洛夫斯克村，受着当局和教会的监视。陪伴着他的，只有老奶娘。在那儿，普希金完成了长诗《茨冈》和历史剧《鲍里斯·戈都诺夫》，长篇诗体小说《叶甫盖尼·奥涅金》也在写作中。

《茨冈》写的是一大群热闹的茨冈人沿大路流浪，有个逃避官府捉拿的俄国贵族青年阿乐哥也参加进来，并跟可爱的茨冈姑娘真妃儿相爱了。

茨冈人的生活像鸟儿一样自由自在，可阿乐哥渐渐发现，真妃儿对他越来越冷淡。真妃儿的老爹对他说："这儿的人个个都是自由的，谁又能阻止一个年轻姑娘去爱自己所爱的人呢？真妃儿的娘，还不是跟了我一年，就和别人私奔了吗？"阿乐哥却恶狠狠地说："这种忘恩负义的女人，就该一刀宰了才解恨！"老汉听了，只是摇头。

在一个漆黑的夜晚，阿乐哥一觉醒来，发现真妃儿不见了。他跟踪到墓地里，见姑娘正跟一个茨冈小伙子幽会呢。阿乐哥怒从心头起，举刀杀了这一对恋人！

天亮了，初升的太阳照着浑身是血的阿乐哥。茨冈人默默埋葬了死者，真妃儿的老爹对阿乐哥下了"逐客令"："远远离开我们吧，骄横的人。我们是野蛮人，没有法律，却也从不杀人。我们讨厌跟杀人凶手生活在一块儿。你只晓得你自己的自由，我们却有着善良的灵魂。"——说完，老汉领着茨冈人上了路，把阿乐哥独自一个甩在后边。

普希金在流放中接触过茨冈人。他十分喜欢茨冈人那种无拘无束的天性、自由自在的生活。茨冈姑娘的奔放性格，茨冈老人的开明思想，跟阿乐哥的自私、粗暴形成鲜明对比，让人看出诗人的追求与批判。

《茨冈》插图

僭主滴血手，囚徒正气歌

《鲍里斯·戈都诺夫》则是一出名副其实的历史剧。剧中演的是 16 世纪末 17 世纪初的一段历史。

沙皇费陀尔死了，而御弟季米特利早在十二年前就不明不白地让人杀害了，大权在握的国舅戈都诺夫理所当然地坐上了皇位。

新沙皇登基后，百姓的日子越来越难过。于是民间起了流言，说御弟季米特利当年是被戈都诺夫害死的。——这传闻让新沙皇如坐针毡。

就在这当口，季米特利突然出现了！他带着波兰军队朝莫斯科杀来。百姓听说御弟来了，都打心眼儿里高兴。民心一散，戈都诺夫的军队也就不战自溃。

其实这位"季米特利"并非真御弟。他本是莫斯科一家修道院的小神父，突发奇想，冒充御弟，跑到波兰去寻求援兵。

就在戈都诺夫因恐惧而死、他的儿子刚刚登基的时刻，"季米特利"攻进了莫斯科。一进皇宫，他先杀了新沙皇一家。百姓们扶老携幼地来欢迎他，可一看

《鲍里斯·戈都诺夫》插图

到这血腥场面，便都陷入恐怖和沉默之中……

仿佛普希金有着先见之明，他刚写完这部历史剧，亚历山大一世便去世了。紧接着爆发了"十二月党人"起义，沙皇的三弟尼古拉镇压了广场上的起义者，双手滴着血登上了皇位，跟戏里演的一样！

刚刚登基的尼古拉还没抹净手上的鲜血，转脸又做出宽容的姿态。他召见普希金，假惺惺地宣布赦免他的罪过，并允许他自由写作。但又说只有经过沙皇本人过目，才能发表。

普希金不理会这些，照样挥洒着他的笔，为自由而歌唱。有一首《致西伯利亚的囚徒》，就是诗人这会儿写成的。诗中的"西伯利亚囚徒"，指的自然是流放中的"十二月党人"。诗人写道：

在西伯利亚矿坑的底层，
望你们保持着骄傲忍耐的榜样。
你们悲惨的工作和思想的崇高意向，
决不会就那样消亡。
…………
爱情和友谊要穿过阴暗的牢门，
达到你们的身旁。
正像我的自由的歌声，
会传进你们劳役的深坑。
…………

普希金没直接参加十二月的那次起义，却是当之无愧的

"十二月党人"的歌手。他在诗中还说："自由会愉快地在门口迎接你们，弟兄们会把利剑送到你们手上。"——此时诗人送上的，不正是克敌制胜的精神利剑吗？

诗体小说《叶甫盖尼·奥涅金》

那部著名的长篇诗体小说《叶甫盖尼·奥涅金》，早在 1823 年就开始动笔，直到八年后的 1831 年才告一段落。

诗中男主角叶甫盖尼·奥涅金是个彼得堡的贵族公子哥儿，女主角达吉雅娜，则是外省乡村的一位贵族千金。

奥涅金的爹爹当过大官，他本人英俊潇洒，谈吐机智，属于讨女人喜欢的那类男子。多年来，他出入彼得堡上流社会的客厅舞场，过着日夜颠倒的荒唐生活。虽然年纪轻轻，可内心的感情早已枯竭，落下个萎靡不振、空虚麻木的"忧郁症"病根儿。

这会儿，他正坐着马车风尘仆仆赶往乡下。在那儿，他的伯父就要死了，有一大笔遗产等着他去继承呢。

《叶甫盖尼·奥涅金》插图一

奥涅金赶到时，伯父已经咽了气，偌大一座庄园，成了奥涅金的财产。初来乡下，他感到几分新鲜，可没过几天就又觉着空虚无聊起来。幸好有个年轻的诗人连斯基从国外归来。尽管两人脾气禀性并不投合，可是在乡下土财主的包围下，两人教养相近，还算聊得来，也便成了朋友。

有一回，连斯基到邻村去看望未婚妻奥丽加，约了奥涅金同行。在那儿，奥涅金见到了奥丽加的姐姐达吉雅娜。这姑娘文静、忧郁，耽于幻想，爱读法国浪漫小说。她一见面就爱上了洒脱英俊的奥涅金。炽烈的感情使姑娘丢掉了羞怯，不久便主动写了一封深情的信给奥涅金，向他表白爱情。

奥涅金呢，多少彼得堡的贵族女子都让他厌倦，又哪里看得上一个乡下姑娘！他跟姑娘见面时，就实话实说了。他说假如自个儿想成家，姑娘当然是再好不过的人选啦；可惜他眼下并没有兴趣，只怕强扭的瓜儿不甜，反招她伤心……这次花园谈话让达吉雅娜伤透了心，人也憔悴下来。

另一天，正是达吉雅娜的命名日。连斯基不知就里，硬拉着奥涅金前去赴宴。奥涅金本来就讨厌无聊的应酬，又见达吉雅娜那难受的神情，便暗自怨恨起连斯基，打算来个恶作剧，捉弄他一番。

于是奥涅金故意当着连斯基，向他的未婚妻奥丽加大献殷勤，又是邀舞又是调笑，搞得连斯基吃起醋来，当场提出跟他决斗。

奥涅金少年气盛，当然不能服软啦！结果枪声一响，连斯基倒在了血泊里！奥涅金悔恨不迭，埋葬了朋友，便独自一人出了国。

奥涅金是个"多余人"

两年以后，奥涅金心情怏怏地回到彼得堡。在一次舞会上，他惊异地发现，有位仪态万方的公爵夫人非常眼熟——那不就是当年那个痴情的乡下姑娘达吉雅娜吗？

达吉雅娜见了他，一点儿也没显出惊奇和激动来，只是从容而又冷淡地跟他寒暄了两句，就转身走开了。这简直让奥涅金受不了！他后悔当初对姑娘的冷漠，这回轮到他自己日思夜想啦。

这以后，他每天都到公爵府上去做客，可达吉雅娜的态度总是那么淡淡的。奥涅金痛苦极了，写了一封信给达吉雅娜，信写得跟当年达吉雅娜的那一封同样热烈。可等来等去，没有回音。第二封、第三封发出去了，依然没有答复。再碰到她时，她的脸色反而比以往更加严峻了。

奥涅金灰了心，一头钻进书房里，一冬天都没露面。可他忘不掉一件件往事，总是看见窗边的达吉雅娜、血泊里的连斯基……

春天的一个清晨，奥涅金鼓足了勇气，乘雪橇沿着涅瓦河来到公爵

《叶甫盖尼·奥涅金》插图二

府上。没等通报，他就径直闯进了夫人的卧室。他看见达吉雅娜独自一个人坐在那儿，没有打扮、脸色苍白，正在读他的信呢；眼泪像小河似的静静地流着——这还是当年的达吉雅娜呀！

奥涅金跪在了她的脚边，她只是战栗了一下，没有动。沉默半晌，她说话了："我曾恭顺地聆听您的教训，现在轮到我说几句了。我爱过您，可您不稀罕一个纯真少女的感情。我得到的，只是冷漠的眼光和长篇的教训！既然那会儿您不爱我，干吗现在又来追求我呢？是不是因为我成了贵妇人，我的失节，可以给人带来'情场老手'的声誉？其实这种豪华的生活，这些个化装舞会，灿烂与喧哗，又算得了什么？不如换一架书，换一处荒园，换成我初次见到您的地方……假如您今天没忘记您的达吉雅娜，我宁愿听到您的刻薄而冷酷的笑骂，却不愿看到您那让人脸红的眼泪和情书！您空有聪明才智，怎么会成了卑微感情的奴隶啦？我劝您离开这儿吧，您有自尊，也懂得名声的重要。我爱您，但我已嫁了人，我将一辈子对他忠贞！"

公爵夫人说完就走开了，奥涅金呆呆地站在那儿。正当此刻，大厅里响起马刺的声音，是公爵回来了……

诗体小说到这儿便戛然而止。据说普希金本打算接着写下去，写奥涅金怎么参加"十二月党人"起义，又怎么遭流放。可写作计划最终没有完成。

诗中的奥涅金聪明、有才干；他不满意上流社会，却又离不了这个社会。由于远离民众，精神空虚，又缺乏生活目标，他到头来一事无成，成了废人。有人就说过，奥涅金是"他所处的环境中的多余的人"。——以后俄罗斯文学人物画廊里出了一系列"多余人"形象，奥涅金是他们当中的头一个！

达吉雅娜呢，她才是诗中最感人的形象。她富于理想、道德高尚、纯朴而又坚忍，因而人们称她是"俄国的灵魂"。以后的俄国文学里又出现一系列有光彩的女性形象，她们身上差不多全有着达吉雅娜的影子。

"驿站长"："小人物"登台亮相

1829 年，普希金在一次舞会上认识了"莫斯科第一美女"冈察罗娃。他向她求婚，却碰了软钉子。诗人受不了这打击，当天就不辞而别，去了高加索前线。

一年后他从前线回来，再度向姑娘求婚，却意外地得到了应允。普希金高兴极了，他赶回乡下去处理一些杂务，却因道路阻隔，在那儿耽搁了三个月。

也许是人逢喜事精神爽吧，诗人在三个月里写了四部戏剧、五六篇短篇小说，完成了长诗《叶甫盖尼·奥涅金》的后两章，还写了一篇童话诗和三十来首抒情诗。——这真是个大丰收的秋天啊，后来人们便把这百十天称作"波尔金诺的秋天"。

在这些染着明亮秋光的作品里，有一组短篇小说尤为出色。它们包括《射击》《暴风雪》《驿站长》《村姑》等。因为集子发表时用的是"别尔金"的笔名，集子取名《别尔金小说集》。

《驿站长》是反映现实的作品。小说中的"我"头一次路过那个小驿站时，对那位带着个漂亮女儿过活的驿站长印象深刻。

可几年后再次途经这里，却见驿站长完全变了个人：五十多岁身强力壮的汉子，成了借酒浇愁的衰朽老头儿，身边的女儿也不见了。

聊起来才知道，三年前有个彼得堡来的年轻军官路过这儿，看上了他女儿，把她骗走了。驿站长死了老伴，女儿就是他的命根子！于是他扔了驿站的差使，徒步上彼得堡去寻女儿。

住处倒是找到了，可那军官塞给老头儿一卷钞票，便把他打发出来。老站长气愤地扔掉钱，两天后再次闯进去，女儿一见他就晕了过去；老站长照旧被赶到大街上。驿站长身微言轻、人地生疏，上哪儿说理去啊？只好忍气吞声回到驿站，借酒浇愁、打发日子……

"我"第三次来到驿站时，老站长已经过世。听一个孩子讲，夏天时来了位年轻漂亮的太太，乘着马车，还带着小少爷。她一听说老站长去世就哭了起来，还到老人坟前跪了许久……"我"听了感慨万分。

这位姑娘算是走运，到头来总算没被抛弃。但正像驿站长说的，让

中文版《普希金诗选》

人勾引又甩掉的傻姑娘在彼得堡多的是，她们今天穿绸挂缎，明天兴许就流落街头。

不过最让人同情的还是驿站长本人，他是那个弱肉强食的强梁社会中的小人物，没权没势，只有受人欺负的份儿。——普希金创造了奥涅金那样一位"多余人"，又塑造了驿站长这样一位"小人物"。这两位都成了后人模仿的典型。

《上尉的女儿》：为"强盗"立传

此后，普希金又创作了《上尉的女儿》，那是他唯一一部长篇小说。小说是以俄国历史上的普加乔夫起义为题材的。

本来，沙皇曾提议让普希金写一部"彼得大帝史"。普希金因此得到自由翻阅国家档案的权利。在查阅中，他对普加乔夫这位农民起义的传奇英雄产生了兴趣，于是跑到喀山去搜集有关这次起义的民间传闻。为了写这部小说，诗人整整准备了十年。

不过对一个公然造反的"强盗头儿"，可不能正面歌颂。普希金采用的是侧面描述的手法。小说里的"我"是个贵族青年，十七岁时，遵父命到军队里去见世面。当他带着老仆，乘雪橇前往目的地时，途中遇到了暴风雪，眼看迷失了方向。

幸亏有个人从风雪中走来，凭着经验，把他们带到一家小客店里。这位向导四十来岁，宽肩膀，黑胡须，一双有神的眼睛透着点儿狡猾；衣服却是破破烂烂的。"我"请他喝酒，还赏了他一件兔皮坎肩。

到达目的地后，"我"被分配到偏远的白山要塞。要塞司令是个上尉，他有个漂亮的女儿玛莎——"上尉的女儿"自然就是她。"我"很快便爱上了这姑娘。

不久，普加乔夫的农民军攻陷了白山要塞，上尉司令被送上了绞架。作为要塞军官，"我"的脖子也给套进绞索里。就在千钧一发的当口，老仆人发现，大摇大摆坐在上面的"大皇帝"普加乔夫，原来就是大风雪中的向导，"少爷还赏过他一件兔皮坎肩呢"！

普加乔夫也认出这主仆二人，便宽宏大量地把他们放了，还赏给他们马匹和外套。获释后，"我"便不顾一切地去白山要塞营救玛莎，普加乔夫又顺水推舟放了玛莎。

后来农民军失败了，"我"被诬告犯了"通匪罪"。这回轮到玛莎来救"我"了。她勇敢地独闯京城，在皇村遇上一位乐于助人的太太，"我"终于被赦免了。——事后才知道，那位太太，就是叶卡捷琳娜女皇！

画家笔下的普加乔夫

普加乔夫却被判了极刑。临刑时"我"也在场。普加乔夫从人群中认出了"我"，还朝"我"点点头，态度是那么从容……

在诗人笔下，一向被人看作是杀人魔王的农民领袖，却显得那么刚毅沉着、宽仁大度，富于人情味儿。这才是这位起义领袖的本来面目呢。诗人的爱憎，也从对人物的描写中传达出来。

普希金最能理解普加乔夫追求自由的心，因为他本人也生就一副向往自由、蔑视权贵的硬骨头。——在精神世界，他跟普加乔夫是息息相通的！

他是俄罗斯文学之父

诗人自从跟冈察罗娃结婚，便陷入深深的痛苦之中。冈察罗娃不是坏女人，她也爱她的丈夫。可她喜欢交际，常常要丈夫陪着在各种沙龙和舞会中出头露面。这不但占据了诗人的宝贵时间，增加了他的开销，还引来一大群浪荡公子跟前跑后的，给诗人带来无穷烦恼。

甚至尼古拉一世也看上了这位美人，为了能常常见到她，特意赐给普希金一个"宫廷近侍"的虚衔。——这本来是专门赏给年轻贵族的头衔，对于三十五岁的普希金，这简直是拿他开玩笑。

有个叫丹特斯的法国贵族，追求冈察罗娃最露骨。于是上流社会流言纷纷，逼得诗人不能不用决斗来维护自己的名誉。

1837年2月8日，普希金与丹特斯举行决斗。枪声响过，硝烟散去，一代大诗人倒在地上，鲜血染红了白雪。——两天以后，普希金离开了人世。报刊上登载这一噩耗时说：俄罗斯诗歌的太阳殒落啦！

是啊，没有普希金，就没有俄罗斯文学的繁荣。后人把他称为"俄罗斯文学之父"，这在他，是当之无愧的。

诗人的好友果戈理说得好："普希金就像一部大辞典，包含了我们语言的全部宝藏、力量和活力……在他身上，俄罗斯的大自然、俄罗斯的灵魂、俄罗斯的语言、俄罗斯的性格，反映得那样纯洁、那样美，就像在凸透镜上映出的风景一样！"

普希金雕像立于诗人决斗处

四五、巴尔扎克与"人间喜剧"
（19世纪，法国）

横眉观世界，"喜剧"满人间

普希金诞生那年，法国也诞生了一位文学巨匠——巴尔扎克。他和三年后诞生的另一位法国文学巨匠雨果，分别秉持着现实主义和浪漫主义两种文学主张。

什么是"现实主义"呢？简单地说，就是强调深入细致地体察生活，从人物跟环境的联系入手去塑造典型性格。即便现实很丑恶，也不逃避它，而是勇敢地揭露它、批判它，因而又有了"批判现实主义"这个称谓，即"抱着批判态度的现实主义"。

现实主义作品往往气势恢宏，像是一面大镜子，反映着广阔的社会画面。在刻画人物时，又喜欢使用心理分析的手法。前面说过，司汤达的《红与黑》不就是一部社会心理小说吗？

现实主义文艺思潮源远流长，古希腊、文艺复兴、启蒙运动时期，都有过高潮。而近代现实主义的抬头，是在19世纪30年代，它正是以《红与黑》的问世为标志的呢。

不过说到19世纪法国现实主义巨匠，不能不首推巴尔扎克，他可是法国文学史上最富传奇色彩的大作家了。

巴尔扎克（1799—1850）创造力惊人，早期作品不算，单是那组题为《人间喜剧》的系列小说，就包括了长短不一的九十一部小说！就算他刚生下来就会写作，平均起来也有一年两部呢。

照他自己的分法，《人间喜剧》的作品分为三大类："风俗研究""哲理研究""分析研究"。其中"风俗研究"内容最丰富，里面又分成六小类：私人生活、外省生活、巴黎生活、政治生活、军队生活和乡下生活。每一小类里，作者计划着写十几部或几十部。而另两大类的规模要小得多。

《人间喜剧》这个总题目，是作者在1842年拟定的。当时

巴尔扎克《人间喜剧》全集

他已写了二十几部，全都是以当代社会生活为题材。他准备再写上一百几十部，合起来不就是一部用文学语言记录的当代史了吗？巴尔扎克有言：法国社会是位历史学家，我就是他的记录员！

可惜巴尔扎克只写出计划中的九十多部，还有四十多部没来得及写，他就去世了，真是天妒英才啊！

倒霉童年造就伟大作家

不过巴尔扎克小时候，并没显示出多少天赋来。他爹爹本是外省一个打短工的农民，进城后，在大革命那阵子当上了军队里的军需官，狠狠捞了一大把。五十岁那年娶了个十八岁的年轻姑娘，不久就生下了巴尔扎克。

说来可怜，当娘的并不喜欢这孩子。巴尔扎克一落生，就给送到别人家去养活；长大后又被送进一所寄宿学校。据说他读书六年，跟家里人只见过两面。一个孩子失去母爱是件悲惨的事，巴尔扎克只有到课外书里去寻找快乐。他整天读呀读的，挺结实的身子骨，竟瘦得不成样子，功课也成了倒数第几名。

巴尔扎克

为了这个，他休学回了家，他娘更是把他看成了废物。

巴尔扎克后来勉强进了大学读法律，可他爱的却是文学。毕业后，他说什么也不肯进律师事务所，只求爹爹供他两年饭钱，他要在巴黎闯出一条文学之路来。

他租了一间透风漏雨的小阁楼，每日挥笔疾书。饿了啃几口干面包，困了喝几口黑咖啡，这个刚满二十岁的小伙子干劲儿足着呢。

可是一干十年，他除了为糊口，用假名字发表过一些通俗小说外，并没有取得预想的成就，反而欠了一屁股债。

原来，这期间他认识了一位比他大二十二岁的贵妇贝尔尼夫人。巴尔扎克自幼缺少母爱，如今仿佛从贝尔尼夫人这儿得到了补偿。贝尔尼夫人鼓励他深入生活，别净面壁虚构；还先后给了他好几万法郎，让他去做买卖。

巴尔扎克先是办出版公司，接着又干印刷厂。可他天生不是当老板的材料，几年下来，不但一个子儿没赚，反而赔了六万法郎！

债主逼债，警察局也发出通缉令。巴尔扎克走投无路，只好隐姓埋名，躲进一间小屋子里，再度开始写作生涯，想用稿酬填上这个债窟窿。

大概是十年练笔打下了基础，又加上生意破产使他饱尝了人间风雨、世态炎凉，巴尔扎克的文学才能终于成熟了。此后二十年里，他发狂似的写作，一部接着一部的杰作从他的笔下流水似的涌了出来。他那《人间喜剧》的近百部作品，就全是在后半生里完成的。

这些小说单是列个清单，也得念上一阵子。拣重要的说，有《高老头》《欧也妮·葛朗台》《幻灭》《农民》《夏倍上校》《邦斯舅舅》《贝姨》《驴皮记》《高布塞克》《搅水女人》《皮罗多兴衰记》《于絮尔·弥罗哀》《幽谷百合》……其中最有代表性的，要数《高老头》了。

《高老头》：穷老头偏有阔闺女

高老头本名高立奥，是位退了休的面粉商人，住在巴黎偏僻角落的伏盖公寓里。这家客店阴冷寒碜，散发着霉味。住店的全是些底层人物，有穷大学生拉斯蒂涅，黑帮头子伏脱冷，被赶出家门的阔家小姐泰伊番，医科学生皮安训，老姑娘米旭诺和她的影子波阿莱先生……而一副窝囊相的高老头，自然成了餐桌上众人取笑的对象。

可是有一天半夜，拉斯蒂涅参加舞会回来，无意中从锁孔里看见，高老头正在把一些金器银器绞成金条银条呢。怪事还不止这个，平时总有两位漂亮的贵妇人来找高老头。这一切引起众人的怀疑：莫非这老头儿品行不端吗？

拉斯蒂涅是南方破落贵族子弟，一心想钻进巴黎上流社会。可是他头一次到雷斯多伯爵夫人家，就因为提到高老头的名字而被赶了出来。带着一肚子的委屈与好奇，他又来到鲍赛昂子爵夫人家里。她是拉斯蒂涅的远房表姐，如今正因自己的情人跟一个暴发户的女儿订了婚而独自哀伤呢。

经子爵夫人指点他才知道，原来雷斯多伯爵夫人正是高老头的大女儿。老头的二女儿也是位贵妇人——银行家纽沁根的夫人。高老头一心爱着两个女儿，在她们结婚时，给了她们大笔嫁妆，自己只留下不多的一点儿积蓄。他本以为自己从此可以有两个温暖的家。谁知波旁王朝复辟后，两个女婿都摆出贵族的臭架子，不准老头再上门。于是老人不得不搬进花费不多的低级公寓，过着最俭省的生活。

就这样，当两个女儿因生活荒唐急需金钱时，还不时来压榨老头。拉斯蒂涅这才明白灯下绞金条和贵妇光临小客店是怎么回事。

在子爵夫人提携下，拉斯蒂涅结识了纽沁根夫人。其实这位银行家的妻子，手头也十分拮据。为了弄钱，拉斯蒂涅两眼又盯上公寓里的泰伊番小姐。黑帮头子伏脱冷乘机拉拢拉斯蒂涅，说他可以派人杀掉泰伊番小姐的哥哥，好让泰伊番小姐独得百万遗产。条件是事情一旦得手，得分给他百分之二十做抽头。

拉斯蒂涅虽然想钱想得要命，却还不敢卷进谋财害命的勾当。他正待向泰伊番小姐的哥哥通风报信，伏脱冷却早在拉斯蒂涅的酒里下了迷魂药，把他迷倒。

不过到了第二天午餐时，伏脱冷的杯子也让人下了迷魂药。

原来公寓里的老姑娘米旭诺得知伏脱冷的底细，向警察局告了密。伏脱冷酒醒时，发现自己已经落入警察手中。

高老头的两个女儿还不断来找爹爹。小女儿纽沁根夫人新从爹爹那儿弄了一万两千法郎，布置她跟情人拉斯蒂涅的新巢穴。大女儿雷斯多伯爵夫人则向老人要钱替情人还赌债。最后，老人抱着病身子跑去卖掉仅剩的几件银餐具，还抵押了少得可怜的年金，总算凑足了一千法郎；而这只是为了替大女儿支付裁缝账，为了让她身着盛装，在舞会上高兴一晚上。

就在高老头躺在阴冷的公寓里生命垂危的时候，他的两个如花似玉的女儿，正在子爵夫人的盛大舞会上大出风头呢！经历了这么多事，拉斯蒂涅看透了一切。给老人送葬时，老人的女儿女婿一个也没露面。拉斯蒂涅亲手安葬了老人，同时也埋葬了他青年人的最后一滴眼泪。

在黄昏中，他双臂抱胸，从公墓高处望着巴黎的贵族区，说了句：现在咱们来拼一拼吧！——他要投身到这个污浊的社会里去大干一场呢。

高老头是做投机生意起家的，他的钱，无疑是不干净的。可他对女儿那

《高老头》插图

份舐犊之情，却着实让人感动，尽管那爱里带着几分病态。他心里也明白：两个女儿对他只是虚情假意，她们看重的是他的钱袋。一旦没了钱，他便像是一只被榨干的柠檬，抛到街上再也没人过问。——在这个社会里，金钱成了一切的中心；什么父女之情、夫妻之爱，全都染上了铜臭！

《夏倍上校》：金刀斩断夫妻情

在另一部小说《夏倍上校》里，巴尔扎克写了一出金钱扼杀夫妻情的悲剧。夏倍上校是拿破仑手下的一名军官，在一次战斗中负了重伤，好不容易从死人堆里爬出来，被一个农民救活了。

他在国外流浪十年，终于回到了法国。可创伤和苦难彻底改变了他的相貌，没人能认出他来，更没人相信他的话。他的妻子呢，早就带着他的财产，嫁给了一位伯爵。

夏倍找上门时，她先是拒不相认，继而哀求夏倍别破坏她的幸福；接着又拿出几个钱，想把他打发走。夏倍上校气愤极了。他鄙视这个女人，不要她的钱，头也不回地走了。——老军人后来贫病交加，死得很惨。

一个人没有钱，妻子不认他做丈夫，女儿不管他叫爹爹，这正是巴尔扎克所处的那个时代的真情实况。还是伏盖公寓里的黑帮头子伏脱冷看得透彻，他告诉初出茅庐的拉斯蒂涅：这年头"有财便是德"——这真是19世纪法国社会的金科玉律呢。

巴尔扎克的笔下还出现一批吝啬鬼形象，譬如《高布塞克》

《夏倍上校》插图

里的高布塞克。他专以放高利贷为业，一心算计别人，为几个
法郎也斤斤计较，却耽误了享受的工夫。

临死时，人家发现他的贮藏室里堆满一包包棉花，一桶
桶糖、甜酒、咖啡、染料、烟草，还有各式各样的家具、银
器、书籍、古董，甚至连腐烂的馅饼、发霉的吃食也一应俱全
呢！——看来，剥夺与积累是守财奴的最大乐趣和享受，吃喝
穿戴倒在其次呢。

"剩女"欧也妮的"金色"人生

在巴尔扎克笔下还有比高布塞克更吝啬的家伙呢，就是《欧
也妮·葛朗台》中的葛朗台，他是欧也妮的爹爹，他的表现跟前

面提到的高老头正相反。——高老头为女儿可以牺牲一切，葛朗台却是爱金钱远胜过爱闺女！

葛朗台是索漠城里一个箍桶匠，大革命时靠着行贿，轻而易举地弄到本地最好的葡萄园，后来又当上区长。由于经营有方外带假公济私，他发了横财。以后又连得几笔遗产，成了当地首富，还得到贵族头衔。

就是这样一位大阔佬，却从来不买肉、不买面包；自有他的佃户送来一切，连柴火也是佃户们把田头地角的破篱枯木锯好，用小车给他运进城来。

葛朗台的妻子虽丑，却给他带来三十万法郎的财产。然而他给妻子的零花钱，一次从来不超过六法郎！

老头当然也爱闺女，可只在逢年过节时才给她几个金币。在这样的家庭里长大，闺女欧也妮也沾染了吝啬的气味：穿着她爹破烂的旧鞋子，睡在过道底下一个小房间里。

《欧也妮·葛朗台》中译本

欧也妮二十二岁生日那天，刚好她的堂兄查理从巴黎来。查理的爹在巴黎做生意破了产，自杀之前把儿子打发来投靠伯伯。自从堂兄来后，不知为啥，欧也妮开始注意起自己的打扮来了。不但头发梳得光光的，还换上新袜子；并为堂兄张罗吃的、张罗喝的。——她爱上查理啦。

葛朗台老头可不愿意添人进口，增加开销。查理觉察出自己在这儿不受欢迎，便决心到海外去冒险。欧也妮拿出自己历年积蓄的六千金法郎交给了他。查理热泪盈眶，把母亲留给他的一个纯金梳妆匣，交给欧也妮替他保管。临行前两人山盟海誓。而老头子没给他一个子儿。

后来葛朗台发现女儿积蓄的金币不见了，一气之下把她关了起来，每天只给她一点儿面包、凉水。女儿倒没怎么样，当娘的先急病了。老头的公证人克罗旭劝他放了女儿；还告诉他，一旦当娘的死了，女儿有权继承娘的一半遗产。葛朗台这下慌了手脚，为了保住财产，不得不向女儿屈服。

眼冒金光的葛朗台

那天晚上，他走进太太房间，见女儿跟太太正端详一个金匣子呢。——葛朗台对黄金有一种特殊的癖好，人们常说：你瞧这家伙的眼睛，黄澄澄的，就跟染上了金子的光彩一样。此刻他一见金匣，一纵身扑了上去，像是一只老虎扑向婴孩儿。他赞叹着："噢，是真金，这么多金子，有两斤重！啊，查理拿这个换了你的金洋是不是？干吗不早告诉我？这交易划得来，乖乖，你不愧是我的女儿……"

老头说着，掏出刀子来就撬那匣上的金板，要不是女儿抓起刀子以自杀相威胁，他才不肯罢手呢。

这以后，老伴死了。老头连哄带骗，把女儿应该继承的那份遗产弄到手，他的钱更多了。

可是金钱买不到寿数，葛朗台终于死了。欧也妮这才知道，自己成了千万"富婆"啦！——然而她心里还一直惦着查理呢。

查理终于回来了，他在印度发了财，回来后却跟一位贵族小姐结了婚。他给欧也妮寄来一张八千法郎的支票，算是知恩报恩，同时向她讨要金匣子。

欧也妮伤透了心，然而她默默地忍受着，还替查理偿还了他爹欠下的四百万债务，成全了查理的家族名声。

后来她随随便便嫁了个老头，可不久老头就死了。她三十出头，却像是四十岁的妇人。她每年有八十万法郎进项，便用它们办养老院、小学校和图书馆。可她自己再也改不掉老习惯：穿着旧衣裳，住在阴森森的老宅子里……她这一辈子，就这么毁啦。

巴尔扎克写吝啬鬼，连带写出一个资产者精明强干、白手起家的经历。人们读着小说，便也看到了历史。《欧也妮·葛朗台》中这位当爹的贪婪成性，做女儿的却善良纯洁，这种对

画家笔下的巴尔扎克

比，刚好跟《高老头》相反，只是中心都没离开那个"钱"字。

贝姨眼中的淫靡世界

长篇小说《贝姨》，则描画了社会风气淫靡的这一个侧面。贝姨是个丑陋的老姑娘，因为跟于洛男爵沾点儿亲，就住在男爵家里。读者正可以通过她的一双冷眼，看尽那个社会的堕落。

于洛男爵有过军功，在政府里担任高官，却是个好色之徒。他的一个下属为了升发，听任妻子华莱丽做他的情妇。华莱丽是巴黎贵族沙龙中有名儿的荡妇。她一面跟男爵姘居，一面又与暴发的花粉商克勒凡眉来眼去，还勾上一个年轻的艺术家，又不能忘情于她的旧日情人蒙丹士。这后一位刚从巴西发洋财回来。

于洛男爵在女人身上荡尽家财，便盗用二十万公款，去干违法生意。事发之后，他拍拍屁股从家里溜走了，害得贤惠的男爵夫人病得死去活来。华莱丽呢，甩掉男爵后，嫁给了老

《贝姨》插图

花粉商克勒凡。其实她想着独吞老头的财产，最终跟旧情人蒙丹士快活自在呢。——结果她跟克勒凡得了一种不治之症，双双病死。克勒凡的百万家私反而归了于洛男爵的儿子，因为他正是克勒凡的女婿。

于洛男爵夫人终于找回了男爵。男爵在外面穷困潦倒，却本性难改，仍旧跟一个姑娘姘居。

这一家人总算团圆了，贝姨却恼在心头。原来她从开头就妒忌于洛男爵一家。这一家人的分崩离析，着实也有她的一份"功劳"呢。后来她跟男爵的哥哥、一位元帅结了婚。但没几天元帅就死掉了。如今自己孤单一人，人家却又团圆了，她怎能不气呢？于是就这么一病不起。

男爵一家真的美满了吗？一天夜里，男爵夫人发现丈夫不在床上。她举灯摸到顶楼，听见男爵正在胖女仆床上说私房话呢，说是："太太活不了多久了，将来你就是男爵夫人！"夫人听了，大叫一声，逃回房里。三天以后，男爵夫人死了。男爵终于遂了心愿，跟胖厨娘结了婚——他可是八十多啦！

巴尔扎克所写的，恐怕不是个别现象。社会的堕落，正是由上层开始的。而操纵这一切的，也还是金钱——华莱丽嫁给克勒凡，还不是看上了他的财产？在丈夫危急的当口，连贞洁的男爵夫人，也表示愿意向克勒凡卖身，来换取二十万法郎的救命钱呢。

作者对贝姨心理的刻画入木三分。这位老姑娘的妒忌不是没有来由的：书中那个年轻的艺术家本来是贝姨的情人，却叫男爵的女儿奥当斯抢去了！贝姨咬牙切齿地说："穷人的幸福只有一只羊，富人却有着一群羊。可他抢走穷人的羊，却连招呼也不打一声。"——这个比喻倒也形象。

恶魔头上也闪光

年轻人野心勃勃闯世界的题材，也常常出现在巴尔扎克笔下。拉斯蒂涅是一个，《幻灭》里的吕西安、《幽谷百合》里的费力克斯也都是。他们身上或许都有着巴尔扎克的影子吧。

《幻灭》写外省青年吕西安只身来到巴黎，历经新闻、出版各界，参与党派之争。所到之处，发现什么都成了买卖，这个世界简直成了强梁世界啦。

为了升发，他也自甘堕落，结果负债累累，还连累了朋友，最终怀揣着二十法郎，垂头丧气地回乡去。正准备投湖自尽，遇上了化装成西班牙教士的伏脱冷。伏脱冷指点说：你之所以失败，是因为还不够无耻！伏脱冷为他打气，要他重回巴黎，再整旗鼓，大干一场。

插画家笔下的伏脱冷

《人间喜剧》是系列化的小说，有人统计，其中共出现二千四百多位文学人物，有几位个性人物，还在多部小说里露过面。——就说伏盖公寓的这几位吧：拉斯蒂涅后来钻入上层社会，做投机买卖发了财，还当上了大官。医科学生皮安训在后来的小说中成了名医。伏脱冷呢，自从在伏盖公寓里被捕，就投靠警察局，当上了侦缉队长，在好几部小说里出过风头呢。

伏脱冷是个极富特色的形象。他目光锐利，说出话来总能一针见血。他还是力量的化身，看看他的长相：土红色的短发，表示他的强悍与狡猾；跟上半身气息一贯的脑袋、脸庞，都通灵似的放着光，仿佛映出地狱的火焰。巴尔扎克说他是"一首恶魔的诗"。从他身上，最能体会《人间喜剧》的气质：丑里带着美，又从美里透着丑。——这也正是批判现实主义的典型特质呢。

巴尔扎克笔下的环境描写也够绝妙的。贵族沙龙富丽堂皇、珠光宝气，伏盖公寓却阴冷昏暗，透着寒酸气。作者用大量笔墨不厌其详地描绘公寓的陈旧与肮脏，正是要证明为什么拉斯蒂涅要急着跳出去，而高老头的闺女对爹爹又是多么冷酷绝情！

作者驾驭文字的能力也是无与伦比的。大段的描绘、滔滔不绝的对话，加上自然感发的议论，都像止不住的潮水，向读者滚滚涌来，让人在应接不暇中被他的卓绝才气所陶醉、震撼。

"作品比岁月还要多"

巴尔扎克要算最勤奋的作家了。据说他常常一天要写十八个钟头。他没别的嗜好，只是每天喝三十几杯浓浓的苦咖啡。咖啡一下肚，人物啊，情节啊，以及各种字眼儿便奔涌而来，笔都跟不上啦。

不过写得快跟粗制滥造是两回事。巴尔扎克在每个小说人物身上都灌注了自己的热情乃至生命。写得动情时，他甚至忘了自己是谁，只觉得自己就是高老头、就是伏脱冷……

据说他写到高老头死时，不禁号啕大哭。还有一回，他的写作被一个来访者打断了。他站起来对这位朋友大喊："你，你让这个不幸的姑娘自杀了！"吓得朋友连连后退。原来巴尔扎克还没从他的小说里醒过来呢。

巴尔扎克对自己作品要求严着呢。头一遍写完了，印出样稿来，他还要反复修改。有时修改费的劲儿，比写初稿还要大。

巴尔扎克知道自己作品的价值。他敬重拿破仑，在书房里摆放着一尊拿破仑雕像。巴尔扎克在像下题字说："他用剑没能完成的事业，我将用笔去完成！"——巴尔扎克是有资格说这话的。

巴尔扎克一生有过几次恋爱。早年对他影响最大的是贝尔

巴尔扎克墓

尼夫人。中年以后，他又结识了俄国贵妇人韩斯卡夫人。韩夫人喜欢他的小说，两人便开始通信。信来信往十八年，两人却始终没见过面。

后来韩夫人的丈夫死了，巴尔扎克才在 1849 年去乌克兰，跟韩夫人结婚。第二年 5 月回到巴黎，巴尔扎克就病倒了。同年 8 月 18 日，一代文豪因心脏病发作，与世长辞。三天后安葬在拉雪兹公墓——巧得很，那正是小说中埋葬高老头的地方。

成千上万巴黎市民为巴尔扎克送葬。他的朋友雨果、大仲马以及政府部长也来向他表示最后的敬意。巴尔扎克在政治上倾向于保守党，可他的一支笔却是公正而客观的。雨果在致悼词时说："在最伟大、最优秀的人里头，巴尔扎克是第一等中的一个……不管他愿意不愿意，同意不同意，这部庞大奇特的小说集的作者，早已加入革命作家的强大种族了……他的一生短促而饱满，他的作品比他的岁月还要多！"

这是一位大文豪对另一位大文豪的中肯评价，称得上是巴尔扎克的盖棺论定。

四六、雨果与《悲惨世界》(19 世纪，法国)

青年雨果出手不凡

法国巴黎的塞纳河边，有一座古老的大教堂。两座钟楼并肩耸立，宏伟又华丽。四方游客慕名而来，到了这儿，都不免

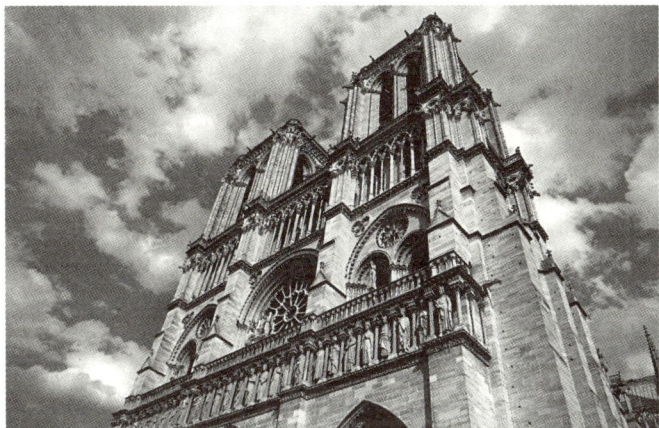

巴黎圣母院钟楼

要抬头望望，看那钟楼上是不是真有个漂亮无比的少女，身边还站着个驼背的"丑八怪"。

不错，这座教堂就是巴黎圣母院，法国浪漫主义大师雨果有一部著名的小说，便叫《巴黎圣母院》。

雨果（1802—1885）出生在法国东部的贝桑松城。他父亲是位木匠出身的将军，一生跟着拿破仑东征西讨，屡建战功。

雨果少年时代是在母亲身边度过的。母亲满脑子保王思想，跟父亲合不来。不过她早就看出雨果有文学天才，因而并不逼着他上学读死书，只让他自由自在地发展自己的兴趣和爱好。

雨果不负母望。他十七八岁就开始写诗歌、办杂志，二十岁时已出版了诗集《颂歌集》，还写了两篇小说。路易十八挺注意这个年轻诗人，两次赐给他年俸，这多半是因为雨果的诗歌歌颂了保王主义的缘故。

可是很快，雨果的思想起了变化。他结识了不少浪漫派文人，

维克多·雨果
Victor Hugo
(1802.2.26 ~ 1885.5.22)

雨果

诗歌里也出现反对王政复辟、歌颂拿破仑的调门。

他写了一部戏剧《克伦威尔》，虽然没能上演，可他为剧本写的长篇序言却引起了轰动。这篇洋洋洒洒的大文章抨击了当时流行的伪古典主义，提出浪漫主义的文学主张来。这篇序言也就成了浪漫主义文艺的理论经典。而两年以后，雨果的戏剧《欧那尼》上演，又在巴黎引起一场更大的轰动。

连演百场的《欧那尼》

《欧那尼》是拿 16 世纪的西班牙做背景。跟国王有杀父之仇的欧那尼流落江湖成了大盗，他跟吕古梅公爵的侄女素儿相爱，可素儿已跟叔叔吕古梅公爵订了婚；国王也来横插一杠子，几次三番要夺走素儿。于是国王成了欧那尼和公爵的共同情敌啦。

后来国王登基做了皇帝，赦免了欧那尼，还把素儿许配给他。可是在这之前，当欧那尼跟公爵结盟时，他曾把自己的号角赠给公爵，说是为报答公爵的救护之恩，无论何时，号角一响，他就会以命相酬！

就在欧那尼成亲的舞会上，一个戴黑面具的人出现了。他手拿号角，重复着欧那尼的誓言。——欧那尼知道自己的死期到了！

欧那尼支开素儿，服毒自尽。素儿发现后，也饮鸩身亡。黑面人，也就是吕古梅公爵，见此情景，他悲痛万分，便也拔剑自刎了。

这出戏不但带着反封建的意味，而且打破了古典主义的"三一律"。因此剧本还没上演，古典主义的拥护者已经准备捣乱了。

赞成浪漫派的年轻人当然不甘示弱，两派在剧院里摩拳擦掌对上阵。自然，血气方刚的年轻人占了上风，他们身穿大红大绿的奇装异服，热烈喝彩，压过保守派的嘘声。保守派生怕挨揍，一个个败下阵去。《欧那尼》连演一百场，场场爆满，在法国舞台上创了纪录。从此，浪漫主义戏剧在法国站稳了脚跟。

《巴黎圣母院》：爱恨情仇在广场上演

《欧那尼》首演是1830年2月的事。这年7月，法国爆发了"七月革命"。波旁王朝垮了台，整个巴黎都沸腾了。本来雨果正准备写长篇小说《巴黎圣母院》，革命一起，他也满怀激情地投身进去，还当上了国民自卫队的军官。

眼看跟出版商约定的交稿日子只剩下五个月了。雨果为了赶时间，把所有衣服都锁进柜子里，从头到脚只裹一条毛毯，预备了一大瓶墨水，就这么足不出户地写起来。每天除了吃饭、睡觉，只是写。据说点上最后一个标点，瓶里的墨水刚好用完——离交稿的日子，还差半个月呢！

　　《巴黎圣母院》写的是发生在 15 世纪的悲剧故事。巴黎圣母院的副主教富洛娄是个"假道学"，总是一脸高深莫测的冰冷神气。十六年前，他在圣母院门前捡了个弃婴。那孩子相貌奇丑、腰弯背驼。副主教给他取了个名儿叫卡西莫多，长大后就让他当了圣母院的敲钟人。卡西莫多把副主教看成大恩人，对他唯命是从，崇拜得不得了。

　　这天正赶上愚人节，广场上人山人海、热闹非常。有个卖艺的吉普赛姑娘艾丝美拉达，在人群里翩翩起舞。她的绝世美貌和曼妙舞姿，引得观众如痴如狂。

　　刚好副主教也挤在人堆儿里。他一见这姑娘，就像着了魔似的。多年的苦行生活，他一直压抑着内心的欲念。这欲念一旦爆发，就再也控制不住！摆在他眼前的只有两条道儿：要么占有这姑娘，要么杀了她！

　　这天晚上，敲钟人卡西莫多受了副主教的指使，去抢这姑娘，刚好让弓箭队长菲比思碰上。姑娘得救了，敲钟人却被抓了起来。

　　第二天，敲钟人被绑在广场上挨鞭子示众。他口渴难忍，哀号着要水

《巴黎圣母院》插图一

喝。围观的人只是嘲骂戏弄，副主教也躲到一旁。忽然，吉普赛姑娘出现了。她分开众人，把一罐水送到敲钟人嘴边。敲钟人生平头一回落了泪。

姑娘自从获救之后，就一直在巴黎的乞丐王国里栖身。她对年轻英武的弓箭队长总是念念不忘，便找了个机会跟他亲近。就在他俩到一处小旅店幽会的当口，有个黑衣人从黑暗中扑上来，照着队长就是一刀……

队长受了伤，姑娘被送上宗教法庭。法庭一口咬定姑娘是女巫，指使魔鬼伤害军官。姑娘屈打成招，下在死囚牢里。——其实那神秘的黑衣人正是副主教，他一刻不眨眼地盯着姑娘呢。眼下他又溜进牢房，跪求姑娘跟他逃走。姑娘却宁可死在绞刑架上。

天仙地鬼，美善永存

第二天，姑娘被带到圣母院前的广场上行刑。突然，敲钟人冲上前去，抱起姑娘就往教堂里跑，一面高喊着："庇护所，庇护所！"——原来按照当时的习俗，教堂是法定的避难地。进了圣母院，就是天王老子也无可奈何啦。

从这天起，这个天下最丑的男人，就成了这个最漂亮姑娘的忠实朋友和恭顺仆人。卡西莫多爱艾丝美拉达，甘愿为她赴汤蹈火。谁敢欺负她，哪怕是恩人副主教，他也决不客气！

不久，宗教法庭放出话来：不能让一个女巫亵渎教堂圣地！听说官府要派兵来捉这姑娘，巴黎的乞丐赶来齐力攻打教堂，要救姑娘出去。敲钟人不明真相，拼命守卫教堂，不让乞丐冲

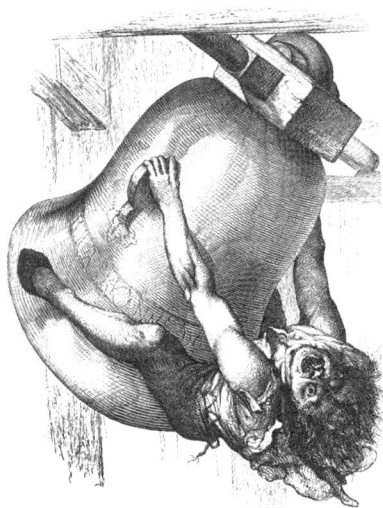

《巴黎圣母院》插图二

进来。就在这当口，国王的军队从背后杀来。乞丐们腹背受敌，尸横遍地。而姑娘呢，却跟着一个前来救她的人，偷偷从后门溜出了圣母院。

可姑娘一旦得知救她的人是副主教派来的，便宁可去死！副主教见如意算盘落了空，便把姑娘交给了官军。姑娘最终被送上了绞架。

副主教站在钟楼上，眼看着绳子套上姑娘的脖子，忍不住发出一阵歇斯底里的狂笑。敲钟人却泪流满面，他恨透了主人。绝望之中，他一把将副主教推下了高高的钟楼……第二天，敲钟人也失踪了。

多年以后，人们在一座坟窟里发现两具紧紧搂抱在一起的尸骸，是一男一女；男的显然是个驼背。当人们想把他俩分开时，尸骸便化作了尘埃……

这是一部浪漫主义的杰作。雨果把最美的和最丑的、最善良的和最邪恶的，放到一起做了鲜明的对照。——副主教表面是道德的化身，内心却卑鄙而污浊；弓箭队长空有一副好皮囊，却是个缺少灵魂的家伙。艾丝美拉达和卡西莫多，一个是天仙，一个是地鬼，可他俩偏偏都有一颗纯洁而善良的心。不过最终美与丑、善与恶又都同归于尽，让人感受到一种无边的悲哀。

《巴黎圣母院》出版后，震动了法国文坛。紧接着雨果又写了《逍遥王》《玛丽·都铎》等戏剧，出版了《秋叶集》《黄昏歌集》《心声集》等诗集。由于雨果在文学上的成就，他被推选为法兰西学士院院士，还当选了贵族院议员。那时他刚四十出头；由于有意从政，有一段时期，他对文学不那么上心了。

1851年，拿破仑的侄子路易·波拿巴发动政变，复辟帝制。雨果坚决站在人民一边，在枪林弹雨中四处发表演说，鼓舞人民奋起反抗。反动派要抓他，他便靠了朋友的掩护，逃出法国，开始了长达十九年的流亡生活。

《悲惨世界》：宽容感动了苦役犯

流亡生活是艰苦的。雨果一家常常住在四面透风的屋子里。可是他在精神上却并不苦闷，他喜欢这种生活：没人来打搅，也用不着出门去拜访应酬；只是关起门来，安静地读，安静地想，安静地写。也许，没有这段流亡生涯，世界文学宝库中，就将失去一批小说杰作；法国文学史也要大大减色啦。

说说雨果在流亡时期创作的长篇巨著《悲惨世界》吧。故事从1815年写起，小说的主人公冉阿让是个苦役犯。十九年前，他失了业，由于不忍听外甥们啼饥号寒，便去面包店偷了一片面包。这一片面包，给他换来五年苦役。他一次次试着越狱，刑期也随之一次次延长。眼下，他刚刚获释出狱，衣衫褴褛，无家可归，没人肯留他过夜，他连个狗窝也找不到。

德高望重的卞福汝主教热情收留了他。可冉阿让对这个世界充满了仇恨，他谁也不相信。半夜里，他偷了主教家的银器悄悄溜出了门，但不久就被巡逻的警察抓住，押回主教家。不料主教告诉警察，银器是他送给冉阿让的，他这儿还有一对银烛台，冉阿让忘了捎走啦。——敢情世上真有这样宽容仁爱的人！冉阿让被主教彻底感化了，决心重新开始他的人生旅途。

他在海滨城市蒙特伊住下来，改名叫马德兰，凭着服苦役时学会的手艺，开办了一家磨制首饰的工场。工场的发达推动了小城的繁荣，冉阿让也因此被推选为市长。

有一回，有个老头儿被一辆翻倒的马车压住了。这位市长看见了，跑上前去用肩一扛，救出了老头儿。这情景被警探沙威见到了。沙威想起，他一生见过的人里头，只有一个人有这样大的力气：那就是他曾看管过的苦役犯冉阿让。——莫非这位马德兰市长就是冉阿让吗？

可是他的疑虑不久就打消了。因为他听说冉阿让因为行窃而再次被捕，正押在阿拉斯呢。沙威是个忠于职守的警探，不允许自己有怀疑上司的念

根据《悲惨世界》改编的同名电影海报

头，便找到市长，一五一十做了忏悔。这则无心得到的消息却让冉阿让陷入苦思中：自己既已决心改恶从善，又怎么能让一个面貌相似的人在阿拉斯代己受过呢？他决定前去投案。

冉阿让赶到法庭，说出了自己的真名实姓。就在法官犹豫不决的时候，他又匆匆赶回蒙特伊。因为他还有件重要的事要办呢。

珂赛特的人生奇遇

原来，冉阿让的工场里有个漂亮的女工叫芳汀。十五岁那年，她因受人欺骗而怀了孕，生下个女孩，取名珂赛特，寄养在一家小酒店里。酒店主人德纳第夫妇贪得无厌，不断向芳汀索要钱财。芳汀不得已，卖掉了自己的飘飘长发和珍珠般的牙齿，最终走投无路，当了烟花女。

有一回，有个花花公子无端欺负她；她奋力反抗，却被沙威不容分说关了起来。冉阿让同情这姑娘的遭遇，不但解救她出狱，还替她治病。这回冉阿让赶回

《悲惨世界》插图一

来，正是要为她做好安排。

芳汀在病榻上奄奄一息，她唯一的愿望是再看一眼小女儿。就在这时，沙威追踪而至，冉阿让当场被捕。芳汀一口气上不来，带着对女儿的思念，永远离开了这个世界。

再说芳汀的女儿珂赛特，孤苦伶仃住在德纳第夫妇的小店里，苦活累活全是她一个人的。圣诞之夜，恶夫妇还逼着她到黑树林里去提水——要知道，她才八岁啊。

就在珂赛特又累又怕的当口，一只有力的大手接过了水桶。这是个高大的汉子，一直帮她把水桶拎到小店门口。大汉住进小店，一个劲儿打量小珂赛特。他见珂赛特挨打挨骂，连个玩具都没有，就买了个昂贵的娃娃送给她。经过一番讨价还价，大汉支付一千五百法郎，把孩子从恶夫妇手里赎出来，带她去了巴黎。

这大汉就是冉阿让，他是从牢狱里逃出来的。在蒙特伊开工场时，他赚了一大笔钱。如今他在巴黎郊外买了一所老屋住下来，爷孙俩的日子过得倒也安稳。

不过嗅觉灵敏的警探沙威很快又追踪而至，冉阿让不得不带着珂赛特逃进一座修道院。刚好修道院里的一名园丁死了，冉阿让顶了园丁的名字。以后爷孙又迁出修道院，另觅房子住下。渐渐地，珂赛特已经出落成大姑娘了。

珂赛特结识了小伙子马利于斯，那是个贵族子弟。他为人正直，跟珂赛特情投意合。可不久冉阿让却碰上了麻烦。原来马利于斯有个邻居，就是当年开酒店的德纳第，如今他在巴黎当上了流氓头子。他认出冉阿让是被通缉的逃犯，便向沙威报警；又把冉阿让骗到家里，要敲诈他二十万法郎。

马利于斯赶来搭救冉阿让，沙威也闻风赶来。冉阿让却趁乱溜走了。

人道理想传芳馨

这会儿正是 1832 年 6 月，巴黎爆发了反政府的起义。冉阿让和马利于斯都参加了街垒战。起义军抓住一个奸细，那人正是沙威。冉阿让主动请求把奸细交给他处置。可一转身，他却把沙威放了。

不久，起义军弹尽援绝，不少人壮烈牺牲。冉阿让背着负伤昏迷的马利于斯，顺着下水道来到塞纳河出口处。

真是冤家路窄，冉阿让再次碰上了沙威。冉阿让请求沙威容他把伤员送回家，沙威竟答应了。——此刻沙威脑子里一片混乱，他觉着自己的信念已经动摇了，再也不是恪尽职守的好警探。他终于禁不住内心的自谴自责，在河边徘徊了一阵子，便一头扎进了塞纳河……

马利于斯伤愈后，

《悲惨世界》插图二

跟珂赛特成了婚。冉阿让拿出自己全部财产五十八万法郎，给珂赛特做陪嫁，自己只留下一点点。——谁想马利于斯听说冉阿让曾是苦役犯，只怕这钱来路不正，不大乐意跟这位神秘的老人再来往。冉阿让知道人家嫌弃自己，从此杜门谢客，再也不肯露面。

一个偶然的机会，马利于斯得知，冉阿让就是把自己从死人堆儿里背出来的救命恩人，他顿时觉得，只有圣人和基督才会有这么高尚的德行！可是当他跟珂赛特赶去看望老人时，冉阿让已病入膏肓，奄奄一息啦。

临终时，冉阿让把那对珍藏了半生的银烛台交给珂赛特说："我不知道，此刻给我这烛台的人，在天国里是不是对我满意呢。"——一对年轻人跪在床前紧紧拉着他的手，他就那么安详地闭上了眼睛。

《悲惨世界》总共五卷，雨果前前后后写了十六年，这还不包括拟订提纲、搜集材料所用的五年！

小说控诉了法律的冷酷不公，对穷苦百姓的苦难遭遇也寄予了无限同情。主人公冉阿让是个工人，为了一片面包，竟坐了半辈子牢狱，一生没能逃脱法律的追踪迫害。仇恨一度使他变得冷漠，可是卞福汝主教的感化却唤醒了他心中的善与良知。他最终成了宽恕一切、舍己为人的圣徒。不管这么写是否真实可信，重要的是，通过这个人物，雨果阐述了他的人道主义理想。

小说中的沙威是冷酷无情的法律的象征。他一生死死缠定冉阿让，完全是一架没有思想的机器。一旦恢复了一点儿人性，他的人生角色也便演不下去了。——雨果在这里抨击的，不正是那与人性对立的法律制度本身吗？

芳汀和小珂赛特的遭遇，特别让人同情。可是人们掩卷沉思的时候，不禁会想：要把芳汀和珂赛特们救离悲惨世界，单凭博爱和宽容也许还不够吧？

生死搏斗的"九三年"

雨果身在国外十九年，他的心却一刻没有离开法国。他不断写诗写文，抨击国内统治者。像讽刺诗集《惩罚集》，就是在国外写成的。1870 年，普、法之间起了战事，法军大败，拿破仑三世被俘。法国国内又爆发了革命。就在祖国危难的当口，年近古稀的雨果回到了巴黎。他做演说、写文章、捐款买大炮，还当选了议员。

1871 年 3 月 18 日，巴黎又爆发起义——就是著名的巴黎公社起义。当时雨果正在比利时。开头他对起义不理解，后来听说公社社员遭到屠杀，他愤怒了！不但在报上发表抗议书，还打开别墅大门，让公社社员在自己家落脚避难。为了这个，他被比利时政府勒令离境。

《九三年》插图一

这以后，雨果抓紧时间创作。七十多岁时，他的又一部杰作《九三年》问世。

这里说的"九三年"，是指 1793 年，也是法国大革命后两股势力生死搏斗的关键一年。6 月的一天，有一艘军舰向法国海岸驶来，军舰上载着由朗德纳克侯爵率领的保王党军队，他们是潜回国内发动政变的。军舰中途触礁，又遇上法国的巡逻艇，眼看靠不了岸啦，可侯爵还是坐着舢板登上了海岸。

"绝对正确的人道主义"

侯爵一到，立刻组织起保王军，向一支巴黎国民军的红帽子联队发动袭击。残忍的保王军枪杀俘虏，烧毁村庄，还掳走三个被联队收养的孩子。

共和军司令郭文子爵，恰是朗德纳克侯爵的侄孙。爷孙俩如今站在对立的阵营里，成了你死我活的仇敌。尽管侯爵既残忍又狡猾，却还是斗不过这位晚辈。几经交锋，侯爵的保王军被打得落花流水。

巴黎共和国的领袖们并不怀疑郭文的才能，可是对他的致命弱点——心慈手软，却有点儿不放心。于是一位政治委员被派去辅佐郭文。

这位政治委员不是别人，正是郭文从前的家庭教师西穆尔登。他本是位教士，心地高洁，博学多识。他孤身一人，把郭文看成了自己的亲儿子，在郭文身上倾注了自己全部的爱和理想。郭文能够有今天，全是这位恩师培养的结果。师徒久别重逢，激动之情自不必说。

却说共和军节节胜利，侯爵已是溃不成军，只剩下十几个人，龟缩在一座旧碉堡里。为了防备共和军从桥头进攻，他们还把掳来的三个孩子关在堡垒里，堆上干柴柏油，当作人质。就在共和军摸进碉堡的一刻，一名匪徒点燃碉堡的柴草，三个孩子顿时陷在一片火海里。

就在这千钧一发之际，本来可以逃脱的朗德纳克侯爵，却突然转身向碉堡爬去。——所有人当中，只有他一个人有碉堡的钥匙。火光映着白发，侯爵把三个孩子救了出来，自己却束手就擒，被关进了地牢。

郭文跟侯爵之间，早已恩断义绝了。可是今天，郭文却坐立不安了：侯爵固然罪不容诛，然而看他今天的举动，不正可以抵消以往的罪恶吗？人道与革命利益起了冲突，郭文狠狠心，放走了侯爵，自个儿留在了地牢里。

恩师西穆尔登铁面无私，按照革命法律判处郭文死刑。临刑前夜，他来到牢中跟郭文告别。天一亮，郭文上了断头台。就

《九三年》插图二

在那颗年轻的头颅滚落之际，传来一声枪响，西穆尔登也举枪自杀了。"师徒如父子"，两个灵魂，到另一个世界里会合去了。

革命利益固然崇高，人道主义难道就不高尚吗？"在绝对正确的革命之上，有一个绝对正确的人道主义！"——郭文这种矛盾思想，反映的正是作者自己的内心矛盾。

无上荣名来自伟大人格

雨果还写过两部长篇小说，分别是《海上劳工》和《笑面人》，都是流亡在外时写的。

《海上劳工》写一个名叫吉利亚特的渔人，他在大自然面前是条好汉，狂风恶浪、暗礁、章鱼，全不在话下。可是他闯不过爱情这一关。他发现未婚妻的心里有了年轻的牧师，便绝望地溺水自杀，以此成全了他人的美满婚姻。

《笑面人》写一个可怜的孩子关伯伦，落到人贩子手里，被开刀毁容，制造了一副"笑口常开"的怪脸。他被一位江湖艺人收留，并跟艺人的瞎眼养女好上了。后来一个偶然机会，笑面人发现自己原是贵族后裔。可他拒绝回到贵族社会，宁愿跟着患难与共的伙伴们浪迹天涯。

后来盲姑娘病死了，笑面人也蹈海自沉，追随爱人而去。——笑面人跟钟楼怪人都属于貌陋心善的人物典型。可笑面人对社会的反抗似乎更强烈，这部书的社会意义也更深刻。

雨果一生勤奋写作六十年，作品多得数不清。文学创作给他带来巨大声誉。当他从海外归来时，成千上万人到车站去欢迎他。人们高喊着"雨果万岁"，齐声背诵他的《惩罚集》里的诗句。雨果满面热泪地对群众发表演说：我二十年流亡，你们用一个小时就补偿啦！

雨果八十岁生日那天，巴黎六十万人大游行，拥到他的窗下向他祝寿。外省也派来代表团，门前鲜花堆积如山。据说这一天，中小学一律取消了对学生的处分。

雨果是1885年5月18日去世的。下葬那天，二百多万人组成送葬队伍，护送着灵车经过凯旋门，缓缓走向先贤祠。——只有民族伟人，才有资格安葬在那儿。雨果生前死后所受到的爱戴和礼遇，在古往今来的诗人中，可算是独一无二！

对了，雨果作为一位伟大的人道主义者，他的目光，还注视过中国呢。英法联军火烧圆明园时，雨果正流亡在外。听到这个消息，他义愤填膺，写信指责说：有两个强盗闯进圆明园，一个掠夺，一个放火……一个叫法兰西，一个叫英吉利！

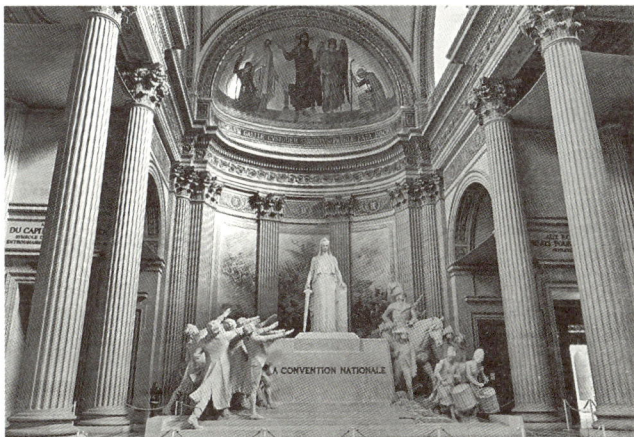

法国巴黎先贤祠

其实雨果不单关心中国人民，还关心墨西哥人民、波兰人民、俄国人民……大概正因为他有着如此宽阔、博大的胸怀，才能写出那样伟大的作品吧。

四七、大仲马与《三剑客》（19 世纪，法国）

自学成才的大仲马

跟雨果同一年出生的法国作家，还有大仲马（1802—1870）。他的父亲也是拿破仑手下的将军，只是离开军队后穷困潦倒，在大仲马四岁时就去世了。母亲带着大仲马开了一爿烟草店，娘儿俩相依为命，日子过得很苦。

大仲马小时候十分聪明，却不肯用功读书。刚念了几本，就沾沾自喜，因而始终没正式接受系统教育。

后来他单枪匹马跑到巴黎打天下，在奥尔良公爵府上找了个办事员的差事。他志向挺大，总想在文学上一鸣惊人。尽管写了好几个

大仲马

剧本都没能发表，他还是一个劲儿读啊，写啊。

大仲马头一个成功的剧本是五幕历史剧《亨利三世及其宫廷》，写法王亨利三世与古伊兹公爵之间的明争暗斗。国王的心腹大臣梅格兰偷偷爱上了公爵夫人，公爵知道后，故意把梅格兰引来，布下埋伏把他杀掉了……戏里有这么一段：公爵发觉夫人跟别人私通，就拿了匕首和药酒，逼着她任选一种。夫人无奈，一仰头喝下了毒药。可一个钟头过去了，竟一点儿事没有。原来她喝下的，只是一杯肉汤。——公爵的阴险，正是从这里显现出来。

这出戏首演时，雨果他们都去了，奥尔良公爵也赏脸光临。演出结束时，全场起立欢呼，大仲马一举成名啦。

大仲马最出名的剧本是《拿破仑·波拿巴》。这出戏上演时，盛况空前，比雨果《欧那尼》首演时还要轰动。崇拜者围着大仲马，有人甚至剪下他的燕尾服留作纪念。

他的另一本现代剧《安东尼》，则连演了一百三十场。有人计算过，大仲马一生写了八九十个剧本，差不多全是在二三十岁时完成的。这以后，他便开始了小说创作，那才是他最重要的文学成就！

"鲁滨孙也读《三剑客》"

有一部《三个火枪手》，又译作《侠隐记》或《三剑客》，小说是以17世纪的法国做背景。那时候，红衣主教黎塞留跟法王亨利十三貌合神离。主教侦知王后跟英国首相白金汉公爵

《三剑客》插图

有私情，还把一件珍贵的钻石首饰赠给了公爵。主教故意出难题，邀请王后与国王一同参加盛大的舞会，还点名要王后戴上钻石首饰。

贵族小伙儿达塔尼昂跟三名火枪手——他们都是国王卫队的成员，接受了王后的重托，前往英国去取首饰，主教则派人一路围追堵截。结果只有达塔尼昂和他的跟班历经艰险到达伦敦，取回了这件珍宝，皇家的荣誉也因此得到维护。

小说发表后，读者反应热烈，大街小巷没人不谈火枪手。有人还说：荒岛上如果真有个鲁滨孙，这会儿肯定也捧着本《三剑客》，读得津津有味呢。

大仲马下笔极快，他每天工作十小时，一生大约写了一百五十部小说。有时连誊写员也跟不上啦。他的小说中，历史题材占了大部分，这还是受英国小说家司各特的影响呢。

不过历史在他的小说里只起到背景的作用。他曾经说过："什么是历史？历史就是钉子，是用来挂我的小说的！"——从这话里，多少可以看出作者的创作路数及个性。

快意恩仇的《基督山伯爵》

读者还在为《三个火枪手》兴奋不已时，大仲马的另一部长篇巨著《基督山伯爵》又问世了。基督山是个小海岛，大仲马曾陪着拿破仑的侄子去那里游玩过。自那时起，大仲马就开始构思一个传奇故事，拿这座海岛来做背景。

小说的主人公邓蒂斯是个水手。老船长临死时，托他代理船长职务。遵照老船长的遗嘱，邓蒂斯把船开到一座海岛去见一位神秘人物，并帮他把一封密信带回巴黎。——神秘人物不是别人，正是被囚禁的拿破仑。

然而信没送到，邓蒂斯却被抓了起来。当时他正举行婚礼呢。他被关进一座海岛上的死囚牢里，一关就是十几年。

好在他并不孤单：相邻牢房里有位白发老人挖通了墙壁，来跟他做伴。老人学识渊博，见多识广，不但教给他许多知识，告诉他基督山岛上埋藏着大量财宝的秘密，还帮他分析被捕的原因。

原来，邓蒂斯被捕跟三个人有关：一个是同船的押运员邓格拉斯，他一直惦着船长的位子呢；另一个是邓蒂

《基督山伯爵》插图

斯的情敌弗南。这两个家伙合谋向官府告发他私通拿破仑。而把他投进死囚牢的，则是代理检察官维尔福。

白发老人死后，邓蒂斯乘机钻进裹尸袋中，被狱卒扔到海里，最终被一只走私船救了起来。他先到基督山岛，发掘了那儿的大量财宝，成了亿万富翁。从此他自号"基督山伯爵"，开始有计划地报恩和复仇。

他先报答了在他坐牢时照顾他老爹的一位好心人，接着就去惩罚已经飞黄腾达的三个仇人。情敌弗南早已跟邓蒂斯的未婚妻美茜蒂丝结了婚，儿子也已长成了小伙子；弗南还当上了议员。基督山伯爵便在报纸和听证会上，揭穿弗南卖主求荣的丑恶行径，让他身败名裂。这样一来，美茜蒂丝跟儿子也抛弃了他。最终逼得弗南只剩下开枪自杀这一条道。

邓格拉斯呢，他因为侵吞军费发了横财，成了大银行家。基督山伯爵就凭借雄厚的财力，在金融上打击他。他被伯爵手下的人绑架后，吃一顿饭就要他十万法郎，直到把他榨干为止。

维尔福这会儿已经是巴黎法院的检察官大人。他的后妻为了让自己的亲生儿子独霸家财，用毒药毒死了前妻的母亲，还准备对前妻留下的儿女下毒手。基督山伯爵便故意引诱这个女人干坏事，同时又暗中保护维尔福前妻的女儿，因为她碰巧是伯爵恩人之子的未婚妻。后来维尔福夫人真的毒死了前妻之子，自己也畏罪自杀。维尔福怎么样呢？他发了疯啦。

这部爱憎分明的小说，情节虽然离奇，却也真实反映了19世纪上半叶法国的历史状况。

小说先在报纸上连载了一百三十多期，读者都像着了魔似的。为了早点儿知道下一期的内容，有人甚至贿赂印刷工人，只为先睹为快。巴黎的几条大道，也被命名为"基督山""邓蒂斯""大仲马"。

大仲马的个性里，有一股爱夸张、好虚荣的劲儿。滚滚而来的稿酬使他成了大富翁。他花了五六十万法郎，在塞纳河边修起一座大别墅，取名"基督山庄园"，专门接待四方慕名而来的人。由于挥霍过度，后来他竟负债累累。加上才华衰退，他渐渐混到穷愁潦倒的份儿上，最终病死在儿子家里。——他这一辈子，真像是一出大起大落的戏剧。

大仲马的儿子小仲马也是个著名作家，后面还要说到。

四八、梅里美与《嘉尔曼》（19 世纪，法国）

《嘉尔曼》：不自由，毋宁死

跟雨果、大仲马同时的，还有一位小说家叫梅里美（1803—1870），他的中篇小说《嘉尔曼》举世闻名。小说描写了吉普赛人的生活——吉普赛是个流浪民族，男的多半是马贩子或兽医，兼做走私的勾当；女的跳舞卖艺，或是占卜算命。

女主人公嘉尔曼就是个吉普赛姑娘，她在烟厂当女工，人长得漂亮，却带着一股野性，一言不合，就能拿刀在别人脸上划个十字。她本来该进监狱，可押送她的骑兵班长堂育才禁不住她的诱惑，把她放了，自己反而蹲了班房。

《嘉尔曼》插图

堂育才出狱后，嘉尔曼来找他；她爱上了这个西班牙小伙子啦。可嘉尔曼的脾气也真怪，一会儿出太阳，一会儿就来场雨。堂育才迷上了这姑娘，决心跟她到海边去走私。有了共同生活，兴许就能把姑娘的心拴住吧。

在走私团伙里，嘉尔曼总是充当探子。她泼辣、大胆、机灵，干这个真是如鱼得水。可没多久堂育才就发现，嘉尔曼还有个独眼龙丈夫。那家伙心狠手黑，杀人不眨眼。嘉尔曼似乎也并不嫌弃他。

嘉尔曼常常假戏真做。她去诱惑一个英国军官，就仿佛真的做了他的情妇似的。堂育才恨得牙根儿痒痒，却也无可奈何。

后来堂育才终于找机会把独眼龙干掉了。嘉尔曼听了这消息，冲他嚷道："你这呆鸟，一辈子也改不了！他的本领比你高多啦。这回是他死日到了，早晚也得轮到你！"又说："我从咖啡渣里看到兆头啦，咱俩早晚得一块死。管它呢，听天由命吧！"

自从堂育才正式做了嘉尔曼的丈夫，嘉尔曼却不那么喜欢他了。她要的是自由，是"爱怎么就怎么"。不过有一回堂育才受了重伤，还多亏了嘉尔曼照看他。嘉尔曼半个多月没合眼，到底把他救活了。

后来嘉尔曼又喜欢上一个斗牛士，还张罗着让他入伙。堂育才不答应，禁止她跟斗牛士来往。她回答得挺干脆："人家不要我做什么事，我马上就做！"

堂育才再也没法子忍受了。他骑上一匹马，把嘉尔曼驮在后头，来到一处荒凉的山谷。他最后一次央求姑娘，还掉了泪。可姑娘说："我已经不爱你了。本来我能扯个谎，哄你一下。可我不愿意费事了，咱们之间一切都完啦！你有权杀死我，可我嘉尔曼永远是自由的，生是吉普赛，死是吉普赛！"

堂育才掏出刀子来，逼她跟自己走，姑娘却跺着脚喊："不不不！"还把他送的戒指扔进了草丛里。——刀光一闪，嘉尔曼倒在了草丛里。堂育才失魂落魄地站了好一会儿。他掩埋了姑

歌剧《卡门》剧照

娘的尸体，骑上马向官府自首去了。

在世界文学画廊里，嘉尔曼算得上最独特的一位。她跟以往小说中那些贵妇千金、小家碧玉都不一样，她生于自然，长于自然，养就了酷爱自由的天性，绝不受任何拘束！在她看来，不自由，毋宁死。——这正是梅里美那个时代的最强音！

这部《嘉尔曼》后来被作曲家改编成歌剧，题为《卡门》（卡门是嘉尔曼的另一种音译），在歌剧舞台上久演不衰。那首人们熟悉的《斗牛士之歌》，就是这出歌剧里的名曲。

《高龙巴》：谁说女子不如男

《高龙巴》是梅里美另一篇杰出的小说作品，主人公高龙巴，同样是个野性十足、极有个性的姑娘。她是科西嘉岛上一位乡绅的女儿，爹爹曾在拿破仑手下当上校，退伍后回乡闲居。

村长瞿第斯同她家是世仇，处处跟她家作对。不久，高龙巴的爹爹在村外小路上被人暗杀了，临死前把凶手的名字写在一张纸条上。村长拿到那张纸条，说凶手是个土匪。不久那

梅里美

土匪被巡逻队击毙了，这桩命案算是了结了。

可高龙巴却不肯罢休。她说那纸条一定被村长换过，杀她爹的其实就是村长一伙儿。她还把自己的揣测编成挽歌，在爹爹灵前唱诵。歌中还表示，一定要为爹爹报仇！

高龙巴有个哥哥叫奥索，是个法军中尉。他离乡日久，受着文明的熏陶，对家乡那种冤冤相报的仇杀风气很不以为然。他认为妹妹的猜疑毫无根据。因而他此次返乡，并不急着回家，而是陪着一位英国上校和他的女儿四处游览闲逛。

高龙巴早就联结了同宗的乡民，准备着跟仇家拼命。她见哥哥态度暧昧，就把他带到爹爹遇害的地方，给爹爹的亡灵做祈祷；又拿出爹爹的血衣和两粒致命的子弹给奥索看，发疯似的搂着哥哥，吻着那子弹和血衣。不知不觉地，哥哥受了感染，身体里隐伏的科西嘉人的复仇本性抬头啦。

可奥索决定采用比较文明的方法——决斗，来了结这场纷争。就在这时，州长闻讯赶来，他要替两家人说和。

哥哥奥索差不多要被说服了，可妹妹高龙巴却满怀仇恨，说什么也不相信村长无辜。她略施小计，把州长跟村长父子骗到家里，当场拿出爹爹生前留下的文件，还找来两名证人，戳穿了对方嫁祸于人的谎言。

奥索还算沉得住气，他等着州长秉公裁断。这天他单枪匹马去接英国上校和他女儿，半路上却遭了冷枪。瞿第斯村长的两个儿子在林子里同时向他开枪，他的左臂挂了彩，另一颗子弹打在他胸前的匕首上。奥索想都没想，一只手托着枪向两个敌人还击，两声枪响，对方再也没了动静。——这又怪谁呢？是他们自己送上门来的呀。

半年以后，奥索跟上校的女儿结了婚，带了妹妹到意大利去观光。在一处乡村小路边，高龙巴看见了瞿第斯村长。老头儿自从死了儿子，伤心过度，成了白痴，他是到这儿来投奔远亲的。

瞿第斯受不了高龙巴逼人的目光，哑着嗓子说：饶了我吧，你还不满足吗？……你怎么知道烧掉的纸条上的名字？……可为什么让我两个儿子都去了呢，那上面只有一个名字啊……

高龙巴转过头，哼起自编的挽歌：我要那只放枪的手，我要那只瞄准的眼，我要那颗起恶念的心……

婚戒传奇：《伊尔的美神》

神秘色彩是梅里美小说的一个突出特点。有一篇《伊尔的美神》，说的是一座庄园里，挖出一尊复仇女神的青铜雕像来。那雕像就跟有灵气儿似的，刚一出土，就砸折了挖像人的腿。小孩子淘气，拿石子投向她，准会被弹回来的石子打破脑瓜儿。——谁让她是复仇女神呢。

这天，庄园上举行婚礼，新郎官跟一伙人打球，嫌结婚戒指碍事，就摘下来套在铜像手指上。——可是竟出了怪事：铜像的手指弯曲起来，戒指说什么也摘不下来了！

到了夜间，新娘听见有人脚步沉重地登楼进了洞房，她只当是新郎呢，却不好意思回头。可用手臂一碰，冰凉。到了后半夜，新娘发现新郎竟死在了床下，仿佛是被人用力拥抱勒死的。

那枚作怪的戒指，也从地板缝里找了出来。人们怀疑，是青铜女神接受了新郎的戒指，也接受了他的爱。她就是这样来"报答"新郎的。

梅里美是画家的儿子，学过法律，后来与小说家司汤达相识，开始醉心于文学。第二帝国时期，他进了参议院，跟宫廷关系密切，算是皇后的老师。他一生对法国的文化艺术做了大量整理、保

青铜女神塑像

护和研究工作。他的小说虽说数量不多，成就却很高。有名的还有《塔曼果》《查理九世时代轶事》等。

四九、乔治·桑与缪塞（19世纪，法国）

才女乔治·桑

法国作家乔治·桑（1804—1876）也出生于19世纪初。"乔治·桑"是个男人的名字，人却是位美丽的女士，原名叫奥罗尔。

那会儿女人的社会地位低，用原名发表小说，难免会招惹是非。

其实乔治·桑的处世行事、穿着打扮，也都喜欢模仿男人。骑马呀，打猎呀，她全都在行，平时嘴里还总叼着个烟斗，派头十足！

她出身于名门望族，父亲是个军官，母亲却是出身贫寒的舞女。奶奶不喜欢这个儿媳，儿子死后，就把儿媳撵走，却把四岁的小乔治·桑留在身边。

乔治·桑从小就像个男孩子，爬屋顶、钻地窖，撒欢似的，奶奶都快管不住了。可奶奶家里藏书挺多，这又给她创造了接近文学的机会。慢慢地，她也试着写一点儿。

长大后，乔治·桑跟一位男爵结了婚，还有了孩子。可丈夫只管一味地吃喝享乐。乔治·桑受不了这平庸的生活，就一个人带孩子去了巴黎；并跟一位同乡合作，写起小说来。

乔治·桑

她的早期小说《安蒂亚娜》，是一部提倡妇女解放的作品。后来她又写了《康素爱萝》《安吉堡的磨工》等，每一部里都有一位独立不羁的女主角。

乔治·桑一度跟法国著名诗人缪塞恋爱。波兰著名音乐家肖邦也跟她关系密切。1848年，巴黎爆发革命，她特地赶往巴黎，加入了游行的行列，还热情参与临时政府的工作。乔治·桑的一生是不平凡的，她以杰出的才能和成就证明，女子一点儿不比男人差！

巴尔扎克就曾盛赞她的小说。小仲马、福楼拜这些晚辈作家，都称她"亲爱的妈妈"。她去世时，雨果还亲自为她撰写了悼词。

《安吉堡的磨工》：贵妇"下嫁"穷工人

《安吉堡的磨工》是乔治·桑最有名的长篇小说。书中的女主人公玛塞尔也是位男爵夫人，跟一个工人列莫尔相爱。

男爵在一次决斗中命丧黄泉，列莫尔却不能迎娶玛塞尔：因为他们之间地位悬殊，就像隔着一座无形的大山！——列莫尔又不忍心让她抛弃地位、金钱，跟自己过苦日子，于是强忍悲痛离开了。

玛塞尔带着儿子回她的领地去，准备着清理财产，改变身份。可半路上她的马车陷进了沼泽地，车夫也逃走了。就在母子孤立无助的当口，有个安吉堡的磨工路易向母子俩伸出了援手。玛塞尔十分感激。

磨工路易也是个被爱情折磨着的小伙子。他跟暴发户布芮可南的小女儿罗丝要好，可布老头却坚决反对这门亲事。——他的大女儿就是因婚姻遭他干涉而被逼疯的。这老头子，可真顽固！

玛塞尔回到领地，才知道她已经破产了。除去还债，她的领地顶多能卖三十万法郎，而买主布芮可南还要克扣她五万。路易知道布老头的底细：他想当贵族想得发疯，多拿五万本来不成问题。路易便自告奋勇，当了玛塞尔的代理人。

玛塞尔还托路易帮她寻找列莫尔，列莫尔却自己来了。路易和列莫尔，可以算是一对难兄难弟了。在路易的安排下，玛塞尔跟列莫尔在树林子里见了面。那种幸福的情景，还用细描吗？

再说布老头得知路易"胳膊肘往外拐"，不禁大怒。他当众侮辱路易，还把正跟路易跳舞的小女儿拖回家去。玛塞尔听说后，情愿在地产买卖中让价五万法郎，条件是要布老头把小女儿许给路易。可就在买卖成交的那天晚上，布老头的疯女儿放了一把大火，老头的房子、牲口以及玛塞尔的二十五万纸币，全都化成了灰烬！

玛塞尔身无分文，反倒觉得坦然。——她跟列莫尔之间，再也没什么障碍啦。路易这会儿却突然交了好运：有个受过他恩惠的老乞丐死了，临终时给了他十万金法郎——那是四十年前老乞丐抢来的，一直埋在地下。路易把五万法郎送给布老头，明天他就可以跟罗丝成亲啦。

有人说过，任何小说的主人公，或多或少带着作者的影子。乔治·桑本人就是位男爵夫人，她后来结识了排字工人列鲁，并且十分推崇他。——列鲁是个空想社会主义者，他的理论让乔治·桑着迷，乔治·桑甚至称他为"新生的基督"。

乔治·桑还跟不少劳动者出身的诗人打过交道，其中有纺织工人、面包师傅、理发师、泥瓦匠……看来贵妇人跟穷工人恋爱的情节，并不是她凭空编造的"天方夜谭"啊。

缪塞的《世纪儿忏悔录》

跟乔治·桑有过一段恋情的诗人缪塞（1810—1857），比乔治·桑小六岁。他们是在一次宴会上认识的，当时缪塞才二十二岁，却已是受大作家雨果赏识的新锐诗人了。他与乔治·桑刚好坐在同一张餐桌上，就此认识并相爱了。两人还双双到意大利水城威尼斯去游玩，良辰美景，青春相伴，还有比这更浪漫的事吗？

大约是两人性格不同吧，一个是行事爽快的女中豪杰，一个是带着点儿神经质的才子诗人；没过多久，两人就吵翻了。以后两人时好时坏地又维持了一阵子，最终还是分了手。——这次恋爱对乔治·桑有什么影响，人们很少提到。可缪塞却由此变得愈发颓唐。

后来缪塞发表了长篇小说《世纪儿忏悔录》，说的是青年奥克塔夫患了精神空虚症。他爱着一个寡妇，后来却发现那女人跟他的一个朋友拉拉扯扯。他感到吃惊，同时也对世事颇为灰心。后来他因料理父亲的丧事回到家乡，发现那儿田园幽静，倒是一处难得的世外桃源。

不久他认识了一位寡居的年轻夫人，

缪塞

名叫勃丽吉特。这女子不但美丽端庄，性格也开朗可爱。有一回奥克塔夫因避雨躲进一家农舍，竟意外发现勃丽吉特也在那儿，她是来义务看护病人的。这仿佛是命运的有意撮合，两人同时坠入爱河。

奥克塔夫生性多疑，感情忽冷忽热；一阵子爱得发狂，一阵子又疑神疑鬼。不过勃丽吉特却死心塌地跟着他，打算就这么过一辈子啦。

有一回从勃丽吉特的家乡来了个小伙子史密特，勃丽吉特一见他就有点儿心神不定，后来还病了一场。还是奥克塔夫发现了其中的秘密：原来勃丽吉特跟史密特更般配。

勃丽吉特为了不伤害奥克塔夫，宁可牺牲自己的真爱。奥克塔夫知道这个事实后，便毅然决然地登上了离去的驿车。——与其让三个人都痛苦，不如把不幸留给一个人。

人们都说，缪塞这部小说带着自传的性质。书中的勃丽吉特，自然是以乔治·桑为模特了。小说对奥克塔夫这个世纪儿的病态心理，描摹得细腻而生动。因而研究文学的人，往往更注意书中的男主人公。

五〇、斯托夫人、霍桑（19世纪，美国）

话说美国

转过头来，看看大洋彼岸的美国文学。美国建国历史不长，从独立战争到今天，不过二百余年光景。

其实在哥伦布发现美洲大陆之前，美洲的印第安人已有好几千年的文明史。有关美洲的土著文学和殖民文学，我们前面也曾介绍过。

不过移民忙着垦荒种植，为吃饭穿衣而苦斗，并无闲心舞文弄墨。最早的北美文学，只是一些宗教诗歌。到独立战争前后，产生了鼓吹革命的诗文，美国才有了自己的民族文学。

美国成为独立国家，是在 1776 年。又过了八十多年，到 1861 年，北美大陆又爆发了一场大战，便是南北战争。

原来美国独立以后，英国的殖民统治是摆脱了，可是在美国国内，依旧存在着种族压迫。四百万来自非洲的黑奴，没日没夜地替白人奴隶主干活，却连最起码的做人权利也没有。

尤其是在南方，黑奴的境况就更糟，那里的奴隶主也格外凶残。1861 年，林肯当选为美国总统。他顺应民心，决心废除罪恶的蓄奴制度。——可没等林肯解放黑奴，南方的奴隶主反倒先动了手。他们组织军队反对林肯，一场大战已迫在眉睫。

美国南北战争题材的绘画

南北战争前后打了五年，最终以北军胜利而告结束。战争期间，林肯曾接见一位女作家，说这场大战是她引起的。

一个手无缚鸡之力的弱女子，怎么能引起一场大战呢？原来，这位女作家在十几年前写了一部小说《汤姆叔叔的小屋》，揭露了蓄奴制的野蛮丑恶，成为点燃这场大战的导火索！——她就是斯托夫人（1811—1896）。

《汤姆叔叔的小屋》

汤姆叔叔是南方肯塔基州一家种植园里的黑奴。他勤劳、忠厚、信奉基督，深受主人信任。他跟妻子、儿女住在一间小木屋里，过着平静的生活。

可是不久，他的主人破了产。有个叫哈利的奴隶贩子，点着名要汤姆和另一个女奴伊丽莎的儿子去抵债。

伊丽莎得知消息，就不顾一切地带上儿子逃出种植园，以后跟丈夫会合，一块儿去了自由的加拿大。汤姆叔叔却不肯逃跑——他一辈子忠心耿耿，怎么能干对不起主人的事呢？他因此被人贩子卖往远方。

在轮船上，汤姆救起一个落水的白人女孩儿，女孩儿的爹爹为了感谢他，花重金把他买下来，待他还不错。可是好景不长，新主人不久就死了。这一回，汤姆落到一个凶残的奴隶主手里。

有一天，汤姆见有个女奴病得站都站不住，还被逼着到棉田摘棉花，就偷偷把自己摘的棉花塞进女奴的袋子里。不巧这事让主人看到了，非逼着汤姆鞭打那女奴不可。

汤姆不肯，恶主人边打他边问："我花钱买了你，你是属于我的，怎敢不服从主人？"汤姆泪流满面，仰天答道："不，不，我的灵魂不属于你，你永远买不到的！"

后来庄园有两个女奴逃走了。主人追问起来，汤姆死也不肯说。就在汤姆被打得奄奄一息的当口，旧主人的儿子乔治赶来赎他回去。——然而乔治来晚了，这个一生善良、从不反抗、虔信上帝的黑奴，已经咽了气。

乔治赎回他的尸体，把他安葬了；接着又释放了家中所有的黑奴。他让黑奴们时时想着汤姆叔叔的小屋，把它当成神圣的纪念碑。

斯托夫人出生在一个牧师家庭，她从小喜欢文学，最爱读拜伦的诗和司各特的小说。日后她在一所女子中学教书，顺带给报纸写随笔。后来她跟一位神学院教授结婚，先后生了六七个孩子。尽管有干不完的家务，但她总能抽空写上几笔。

《汤姆叔叔的小屋》插图

那时美国南方蓄奴现象还很普遍，斯托夫人居住的辛辛那提位于俄亥俄河边，南方的黑奴常常经过这里逃往北方。她还亲自帮助过逃亡的黑奴，从他们那里了解了不少黑奴的悲惨境遇，她恨透了蓄奴制！

有一回，斯托夫人在教堂做礼拜，心中突然升起写作的冲动：何不用小说的形式把蓄奴制的罪恶写出来，让所有人都来参与废奴运动呢？老黑奴汤姆的遭遇，在她脑海里清晰地显现出来。回到家中，她把自己反锁在屋子里，开始奋笔疾书。眼看稿纸用完了，她就用包面包的纸接着写。一章写完了，她念给家人听，丈夫和孩子都感动得热泪盈眶。

有家杂志答应用三四期连载这部小说，不想她笔下的人物竟像活了似的，故事也越写越长，一口气连载四十多期！斯托夫人感慨地说：这部小说是上帝的作品，我不过是他手中的那支笔罢了！

后来小说出了单行本，首印五千册，两天就售罄了！八家出版社一起印，一年内印了三十万册，还供不应求！英国以及欧洲的出版公司也加入进来，一年中竟售出二百五十万册！

可以说，是《汤姆叔叔的小屋》，为美国的南北战争吹响了冲锋号！也正因如此，林肯总统在白宫接见了斯托夫人，在书的扉页上题词："写了一本书，酿成一场大战的小妇人！"

霍桑与《红字》

《汤姆叔叔的小屋》是美国最早的现实主义小说。那么美国有没有浪漫主义作家呢？有，就是跟斯托夫人同时代的霍桑。

霍桑（1804—1864）的祖上是美国移民中的名门望族，属于最早由英国迁来的那一批。这些人大都是清教徒，住在美国东部的几个州里。那地方因而被称作"新英格兰"。霍桑的小说，便总是拿这个地区做背景，几乎篇篇笼罩着浓郁的宗教气氛。

霍桑

有一部《红字》，是霍桑最有名的长篇代表作。故事发生在东海岸的波士顿。小说一开始，一大群身穿素衣、表情严肃的清教徒正围在监狱门口，等着看审判犯人。

牢门打开了，走出一个容貌端庄的年轻女子，还抱着个不足百日的女婴。她站到示众台上，胸前缀着个红色的字母"A"——那是清教徒强加给"通奸犯"的耻辱标志。

人们七嘴八舌，逼这女子说出奸夫的名字。照规矩，只要她说出来，就可以得到宽恕。——她脸色苍白，神情却十分坚定。无论谁问，她只有一个回答："我的孩子只有天上的父亲，她永远不会认识一个世俗的父亲。"

这女子名叫白兰，年纪轻轻嫁给一个上了年岁的术士罗杰，两人并没有真感情。后来他们从荷兰移家北美，白兰先到了波士顿，罗杰却在海上失踪了。

白兰独自生活了两年，如今竟生下个女孩儿来，这明摆着是犯了通奸罪！她被关进了牢狱。

胸前红字何处来

其实她的丈夫罗杰已经悄悄来到；白兰示众时，他就在台下的人群里。他以医生的身份住下来，明察暗访，发誓要把"奸夫"找出来。

渐渐地，他对牧师丁梅斯代尔起了疑心。他搬去跟牧师同住，嘴上说是替牧师治病，却时时冷眼旁观、旁敲侧击，闹得牧师心神不宁，病反而加重了。

《红字》插图

白兰被放出来后，带着小姑娘住在郊外，靠刺绣度日，还常常帮助穷人。她胸前依旧戴着红字，可日子一长，人们也就司空见惯，不以为辱了。

牧师的情况却是越来越糟。他常常背着人用鞭子抽打自己，或用绝食来惩罚自己。有一天夜里，他梦游般走到广场上，在示众台上独自一人站到天亮。罗杰依然一刻不停地缠着牧师。他认定，牧师就是他要找的那个人！

白兰在树林里见到了丈夫，求他别再缠着牧师；罗杰哪里肯听。白兰暗中约牧师一道逃走，又替牧师订好船上的位子。可不久就得知，罗杰也在船上订了位子！

这天是新州长就职的日子，由牧师做布道演讲。演讲完毕，他面无人色地走出礼堂，拉起白兰和孩子，径直走上广场的示众台。他郑重地对教民们说："我终于站到了七年前就应同这女人一道站立的地方！你们看，这女人胸前戴着红字，你们都嫌弃她。可有一个人也有罪恶和耻辱的烙印，你们却不曾嫌弃呢！看，现在他就站在你们面前！"——他猛地把衣襟撕开，人们看见他胸前烙着一个鲜红的"A"字！

牧师心力交瘁，倒在了示众台上。罗杰没能亲手报仇，不久也病死了。白兰带着孩子离开波士顿。——不过多年以后，她独自一人回来了。女儿在大洋彼岸成了家，日子过得挺美满。

白兰依旧戴着红字，四处行善。在人们眼里，这个代表耻辱的记号，已经成为行善积德的标志啦。

白兰死后，就葬在礼拜堂边的墓地里。她的新坟和一座旧坟合用一块墓碑，碑上刻着一个鲜红的"A"字。

一个女子为了爱情，竟能独自承担起宗教、法律乃至整个世俗社会的重压，她的精神力量，该是多么惊人！大概只有用"神圣"这样的字眼儿，才能准确概括她的形象吧。——牧师和罗杰，一个懦弱畏缩，一个放纵恶念。有了这两个男子形象的映衬，白兰形象愈发显得圣洁。

霍桑受过高等教育，上大学时，跟美国历史上有名的总统富兰克林·皮尔斯是同窗。他的长篇小说还有《带有七个尖角阁的房子》《玉石雕像》等。短篇小说大都收在《重讲一遍的故事》和《古屋青苔》等几个集子里。

霍桑的小说中，总有一种恍惚迷离的神秘气氛。例如《红字》中牧师胸前的红字，是他自己烙上去的呢，还是一种超自然的力量刻上去的？作者不说，只凭读者去猜测。

此外，《带有七个尖角阁的房子》写一座凶宅，神秘恐怖的气氛很浓。再如短篇小说《教长的黑纱》，写一位教长在一个少女死去的那天，无端戴上了一幅黑纱；以后直到死，再也没摘下过。——虽然作者没向读者透露谜底，可读者自能从隐隐约约的暗示里，体味出人心难测、世情虚伪的弦外之音来。

霍桑称自己的短篇小说是"幽谷里颜色苍白的小花儿"，正说中他那清新朴素、似梦非梦的风格特点。不过说到小说里的神秘气氛，霍桑比起美国另一位小说家爱伦·坡，就又稍逊一筹。

五一、爱伦·坡：惊悚推理的鼻祖
（附麦尔维尔，19 世纪，美国）

厄舍古厦惊悚篇

爱伦·坡（1809—1849）父母早亡，他姓的是养父的姓。上大学时，他因为选择专业的事，跟养父吵翻了。后来投笔从戎，进了有名的西点军校，却又因违犯军规被开除。这以后，他卖文为生，穷困潦倒。妻子死后，他常借酒浇愁，精神渐渐失常。——四十岁的一天，他醉倒在一家小酒馆里，再也没有醒来。

爱伦·坡一生共写了七十多部短篇小说，收在《述异集》《莫格街谋杀案》《故事集》三个集子里。他

爱伦·坡

的小说大致分为惊悚小说和推理小说两类。惊悚小说有《厄舍古厦的倒塌》《红色死亡假面舞会》《黑猫》等。推理小说则以《莫格街谋杀案》《被窃的信件》《金甲虫》等为代表。

就来看看《厄舍古厦的倒塌》吧，说的是一个古老家族，世代住在一座阴森的古厦里。到了劳德立克和他妹妹玛德琳这一代，这个家族已经没落。

这兄妹俩全都患有一种癫狂症。当哥哥的没等妹妹咽气，就把她塞进棺材里，锁进地下室。

几天后的一个深夜，劳德立克隐约听见一阵挣扎声，接着就是棺材被劈开的声音。老屋的门吱吱嘎嘎地响着，刹那间，身裹尸衣、血迹斑斑的妹妹像个幽灵似的跌进门来，倒在了哥哥身上！

劳德立克吓破了胆。就在这当口，一阵狂风骤起，老屋坍

爱伦·坡作品集

塌下来，发出惊天动地的巨响，把这兄妹两埋在下面。——"把害怕发展到恐惧、把奇特变成怪异和神秘"，这就是爱伦·坡的文学主张。

《红色死亡假面舞会》场面要大得多。中世纪时，有个国家流行一种"红色死亡"瘟疫，其实就是出血热，先是脸上出现猩红色斑点，接着伴随剧痛，浑身毛孔出血，很快就一命呜呼！

有位王爷为了保护自己和周边人，率领大家躲进一座城堡。上千名骑士和小姐住进城堡，自然是日日饮宴、夜夜笙歌！

一次在客厅举行假面舞会，人们戴着各色面具、身穿奇装异服来赴会。午夜时分，狂欢达到高潮，忽然有个蒙面人来到他们中间。只见他身穿寿衣，戴着僵尸面具，身上还溅着鲜血，脸上满是猩红点。——这不是红色病魔吗？

王爷一见大怒，手持短刀追上前去，奋力一刺。——随着一声惨叫，倒在地上的竟是王爷自己！人们一拥而上，捉拿红色病魔，可抓在手里的，只有那件寿衣和僵尸面具！

红色病魔找上门来，还有好结果吗？寻欢作乐的人们横七竖八倒在血泊中，死亡和鲜血终于统治了这个世界！

《莫格街谋杀案》：推理小说开先河

《莫格街谋杀案》说的是莫格街的一家寓所里，有个妇人连同她的女儿被人杀害了。从杀人的方式看，凶手力大无穷，又非常灵活，警方感到束手无策。

这案子引起业余侦探杜品的兴趣。——杜品有着古怪的才能和超常的分析能力，平时跟朋友一块儿走路，凭着分析推理，能随时说出朋友正在想什么。

他从莫格街杀人现场的种种蛛丝马迹推断：杀人凶手不是人，而是一只大猩猩。他在报上登出一则广告，不久果然有个水手登门承认：是他从海外带回一只猩猩，不小心让它跑掉了，竟酿出这样的惨祸……

半个世纪以后，柯南·道尔创造的大侦探福尔摩斯的形象中，显然就有着杜品的影子。而爱伦·坡也成了推理小说的公认鼻祖啦。

此外，爱伦·坡还是科学幻想小说的先驱。譬如那篇《瓶中手稿》，是作者较早的作品之一，写一个水手在热带海洋上遇险，船陷进一个大

《瓶中手稿》插图

漩涡，水手也被抛到一艘直冲过来的鬼船上！那艘鬼船在风暴中张满风帆，铜铸的大炮闪闪发光。然而船上的人全都老态龙钟，而且根本无视水手的存在……水手把这经历写下来塞进漂流瓶，便是这篇用第一人称撰写的小说了。读着那惊险恐怖、有声有色的文字，竟让人有身临其境之感！

人们称爱伦·坡为"怪才"，有人则称他的作品是"五分之三的天才，五分之二的胡说八道"。

爱伦·坡也写诗，美国大诗人惠特曼评论他的诗是"想象文学的电光，虽然光华耀眼，却缺少热力"。——这应是很公允的评价。

《白鲸》：海上浮棺惊煞人

说起惊险怪诞，美国文坛上还有一部长篇小说《白鲸》，值得一提。

小说以一名水手自述的形式展开情节。这名水手叫伊希马利，在"皮阔德"号捕鲸船上讨生活。船长亚哈是个凶狠的恶汉，捕鲸四十年，没想到栽在一条大白鲸身上。

那条白鲸远看像座雪山，不但个头儿大，而且狡猾无比。亚哈船长上次出海时，被它咬断了一条腿。从那时起，他心里就只剩下一个疯狂念头：寻找大白鲸复仇！他把金币钉在桅杆上，说谁先发现大白鲸，金币就归谁。他这么一煽惑，全船的人都像是中了邪、发了狂；跟着亚哈饮酒赌誓：不是鲸死就是船破！

跟伊希马利一块儿在船上当水手的还有黑人魁魁格。他来自吃人部族，浑身刺着花纹，带着一尊人头骨雕成的神像——其实他是个心地善良的好人。后来他在船上得了重病，按照部族的风俗，他让人为他打造了一只独木舟式的棺材。病好后，他便用沥青把棺材封好，当成救生艇。

船上还有个邪教徒叫费德拉，他眼光神秘，能知过去未来。据他说，亚哈船长一旦在海上看见两口棺材—— 一口是非人工

《白鲸》插图

的，一口是用美国木材打造的，亚哈便会死于绞刑。而他自己也将死在亚哈前头，为亚哈当"领港人"。

白鲸终于被追上了。亚哈亲自驾着小艇跟它搏斗。可小艇很快被白鲸撞得粉碎，幸好人没死。

到了第二天，白鲸身上中了好几把鱼叉，仍在海面上挣扎、翻滚着，撞翻了两只小艇。这一回，邪教徒费德拉没被救起来。

第三天，白鲸已经奄奄一息。当它的脊背露出水面时，人们看见在鱼叉、绳索交叉纠缠的地方，托着费德拉的尸首。——这不就是"非人工的棺材"吗？

紧接着，亚哈船长的小艇又被白鲸撞碎了。副船长开着大船去救他，那鲸鱼用尽最后的力气，猛地朝大船撞来，大船开始下沉。——亚哈到此刻才明白："用美国木材打造的棺材"就是"皮

阔德"号捕鲸船呀！

这时亚哈的脖子被两条鱼叉上的绳索缠住了，白鲸向前一拖，他刹那间被活活绞死！

大船转眼沉入水中。伊希马利落了水，正随着漩涡下沉，突然有样东西把他托了起来，原来那是魁魁格的棺材！——不久，伊希马利被另一条捕鲸船救了起来，"皮阔德"号满船人只活了他一个……

《白鲸》的作者是麦尔维尔（1819—1891），出生在纽约，父亲是个商人，很早就去世了。麦尔维尔十五岁就独自外出谋生，曾在海上生活过四年。他的小说，也总离不开海洋题材。

小说刚出版时，反响并不大。以后人们越琢磨越觉得有味儿，书中那非凡的气势、惊心动魄的场面、神秘的气氛、深奥的象征意义、悲惨的结局，都成了人们谈论的话题。——这部别具风格的小说，也成了举世公认的名著。

五二、童话大王安徒生（19 世纪，丹麦）

鞋匠的儿子安徒生

19 世纪，北欧丹麦出了一位不朽的童话家安徒生，全世界几乎所有的孩子都熟知他的名字。

安徒生（1805—1875）出生在丹麦小城欧登塞的一个穷人家里。父亲是个鞋匠，母亲靠给人洗衣服贴补家用。父亲没钱送儿子上学，就在家里给他读《一千零一夜》，还给他做了许多木偶人，让他一个人去排演自编的戏剧。母亲也总是把地板擦亮，还在窗台摆上几盆花，尽量为小安徒生布置一个清新

安徒生

优美的环境。安徒生就在这个贫穷又温暖的家庭里度过了童年。

后来父亲去当兵，回来不久就病死了。母亲带着他改了嫁。安徒生断断续续读了几天书，不久便去鞋店当了学徒。

安徒生性情孤僻，跟别的孩子合不来。他只喜欢独自一人静思默想，编造各种美丽的故事。十四岁时，他抱着当演员的想法，怀揣十几块钱，独自去了哥本哈根。他学舞不成，又去学唱。为了挣几个钱糊口，还常常到贵族和商人家里去朗诵剧本或诗歌。一有工夫，他就埋头学着写剧本。

十七岁那年，他的一个剧本居然在报上发表了。以后有个剧院经理发现了他的才能，又觉得他的文化底子太薄，就替他申请了一笔皇家助学金，送他到教会学校去读书。

后来他又考入哥本哈根大学。他写的诗歌、游记、剧本也都陆续发表，得到评论家的赏识。——安徒生终于靠着自己的勤奋努力，从社会最底层走上了文坛。

大概连安徒生自己也没想到，他写的童话，比他的诗歌、剧

本更受欢迎，尤其受到孩子们的喜爱。《皇帝的新装》《坚定的锡兵》《拇指姑娘》《夜莺》《丑小鸭》《小克劳斯和大克劳斯》《卖火柴的小女孩》……无论是黑皮肤、白皮肤还是黄皮肤，全世界的小朋友，都熟悉这些美丽的童话。

美人鱼自何处来

如今丹麦首都哥本哈根的海港边，有一尊美人鱼的青铜雕像。看上半身，是个美丽的姑娘，下半身却是一条鱼尾。姑娘斜坐在岩石上，微垂着头，仿佛看着蔚蓝色的大海想心事呢。她就是安徒生童话《人鱼公主》里的人物。

《人鱼公主》插图

这是一则凄美动人的童话故事。海王的小女儿爱上了人间的王子，为了获得王子的爱情，她宁愿缩短寿命。她还请巫婆帮忙，把自己的鱼尾变成人腿，尽管她每走一步，脚尖都像刀割一样，也绝不退缩。

可是王子没理会她的爱情，跟一位公主结了婚。巫婆曾经预言说：人鱼得不到王子的爱，就只能化作泡沫！

小公主的姐妹们劝她刺死王子，来换回自己的生命。小人鱼却宁可牺牲自己，也不愿伤害所爱的人。——不过最终她被接到精灵的世界，三百年后，她会给自己创造出一个不灭的灵魂来！

今天，坐在哥本哈根蔚蓝色海边的，就是人鱼公主。安徒生用他的不朽童话，早已赋予她不灭的灵魂。——这铜像也成了哥本哈根的城市标志啦！

打火匣的秘密

今天，丹麦人没有不为安徒生感到骄傲的。可是安徒生当年写童话时，却没少受人奚落。他们说：你写的是什么呀？狗把熟睡的公主驮到士兵那儿去，孩子听了这故事有什么好处？还有豌豆公主的故事，不但没趣味，而且有害。——这说的是《打火匣》和《豌豆上的公主》。

《打火匣》跟《一千零一夜》里的《神灯》有点儿相似。——一个士兵正在大路上走着，突然有个丑陋的老太婆挡住他的去路，要他钻进一个树窟窿里，为她取一只旧打火匣。

士兵钻到里面，见三只狗守着三间装着钱币的屋子。士兵找到那只打火匣，又拿了不少金币，爬出洞外。他向老太婆打听打火匣的用途，老太婆不肯说，士兵就把她杀了。

士兵很快把金币花光了。他偶然想起那只打火匣，无意中用火石一擦，只见火星一闪，树洞里的狗突然出现在他面前。士兵让狗为他弄几个钱来，不一会儿，狗便叼着个钱袋跑了回来。士

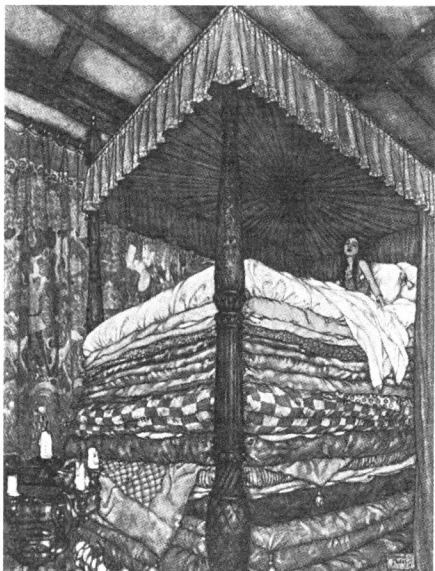
《豌豆上的公主》插图

兵这才明白：打火匣原来是个宝贝！

士兵听说国王有个漂亮女儿，便吩咐狗把她驮来。公主还睡着觉呢，士兵亲了她，便又让狗把她送回去。公主以为自己是在做梦，就把这事说给国王和王后听。王后起了疑心，装了一袋荞麦粉，系在公主腰间。

第二天，狗再次把公主驮到士兵住处，国王的卫兵很快沿着一路撒落的荞麦粉，找到了士兵。——一个大兵竟敢亲近国王的女儿，这还了得！他被送上了绞架。临死前，士兵要求国王允许他再抽一袋烟。

嚓，嚓，嚓，火石在打火匣上划了三下，三只大狗突然出现了！它们照着士兵的吩咐，扑向法官和国王……最终，全国的老百姓都拥戴士兵，他娶了可爱的公主，还当上了国王。

《豌豆上的公主》呢，讲的是一位"真正的公主"，睡觉时要铺二十床垫子和二十床鸭绒被。而垫子下的一粒豌豆，竟硌得公主一夜都没睡好！这位公主，可真够娇贵的！

这些故事在孩子们看来是那么有趣，可偏偏有些文人学者说三道四的。说到底，还不是因为安徒生的出身太低微！在那些

"高等"文人看来，一个鞋匠的儿子，还能写出什么好作品来吗？

"皇帝没穿衣裳"

再看那则《皇帝的新装》吧。有个皇帝，最喜欢穿漂亮衣服。一天来了两个骗子，自称会织世界上最美的布。——只是他们织出的布、做出的衣服，只有聪明人才能看得见。

皇帝一心要穿最漂亮的衣裳，就拿出大把金钱和上好的原料交给他们，两个骗子于是在织布机前忙开了。

大臣受皇帝的委派前去督工。可是真奇怪，织布机上空空如也，什么也没有！然而大臣怕人家说自己愚蠢，便对着空织机连声赞美说："太美了，多好看的花纹和颜色啊！"后来"衣服"制成了，皇帝换上"新装"，参加盛大的游行。——其实他自己也一无所见，不过怕臣民说自己愚蠢，他硬是点头称好。

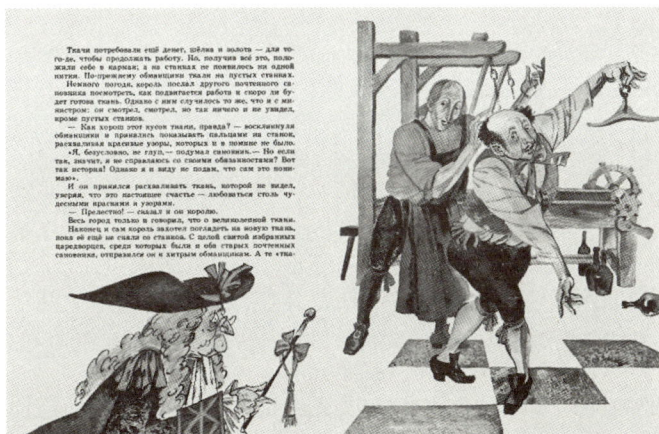

《皇帝的新装》插图

沿途的百姓们也怕被人看成是蠢人，都纷纷称颂"新装"的美丽。只有一个天真无邪的小孩子没有顾忌，他嚷着："可是他什么也没穿呀！"——这话在百姓中间传开了，连皇帝也听到了。可他还是硬撑着走到底，其实他一直光着身子呢！

这则童话可把世人挖苦坏了！从皇帝到臣民，他们宁可相信骗子的谎言，却不愿相信自己的眼睛，这全是虚荣心在作怪吧！——全国的大人们加在一块儿，还不如一个未染世故的孩子；这里面的深刻含义，真够人琢磨一气儿的。

至于那位皇帝，整天把穿衣享受当作唯一大事，全不管百姓疾苦，活该在百姓面前丢人现眼！

大小克劳斯的故事

《小克劳斯和大克劳斯》更像是一则民间故事——小克劳斯和大克劳斯只是名字相同。他们一个穷、一个富，心地善恶大不一样。

大克劳斯财大气粗，总欺负小克劳斯。有一回，小克劳斯驾着大克劳斯的四匹马，连同自己的那一匹，一道替大克劳斯犁田。只因他喊了一声"我的五匹马，使劲儿呀！"被大克劳斯听见了，认为他不该这样喊，就把他的那一匹打死了。

不过小克劳斯十分机灵，凭着智慧跟大克劳斯周旋斗法，最终把这个蠢家伙送去见了"仙女"。

那是两人最后一轮斗法。大克劳斯抓住小克劳斯，把他装进袋子中，准备扔到河里去。就在大克劳斯路过教堂去做祈祷的工夫，袋子里的小克劳斯对过路的赶牲口人说："你乐意到天堂去吗？只要钻进这个袋子就可以去。"赶牲口的喜出望外，便拿一大群牲口跟小克劳斯换了这千载难逢的机会……

待大克劳斯把袋子扔进河里，却迎头碰见小克劳斯赶着牲口走来。小克劳斯告诉他，自己去河里遇上"仙女"，这群牲口就是"仙女"送的呢。大克劳斯听了，也忙不迭地钻进口袋里去。——小克劳斯毫不客气地把他扔进河里，他可是再也不会欺负人啦！

安徒生童话被译成多国文字

笨汉汉斯最机灵

在安徒生的故事里，聪明和愚蠢经常颠倒个儿。且看《笨汉汉斯》的故事。乡下有位年老的绅士，有三个儿子。老大、老二都聪明无比。老大能把整本的拉丁文字典倒背如流，还能背诵三年来的所有报纸。老二精通公司法，懂得所有国家大事，还能在吊带上绣花。两兄弟闹着要进城向公主求婚，老绅士分别给了他们一匹黑马和一匹白马。

三儿子汉斯呢，则是个纯粹的笨汉。他也要跟着去凑热闹，但他得到的，仅仅是一只公羊！一路上，汉斯一会儿捡起一只死乌鸦，一会儿捡起一只木鞋，一会儿又捡起一些泥巴。——他声称这些都是送给公主的礼物，这让两位哥哥几乎笑掉大牙。

求婚的时刻到了，宫殿里的火炉烧得很热。两个哥哥走进去，立刻失去说话的能力，被公主赶了出来。可汉斯呢，却跟公主对上了话。他说：这儿真是热得厉害！公主说：我正在烤几只雏鸡。汉斯说：好啊，我也可以烤一只乌鸦啊。可用什么烤呢？那只木鞋刚好派上用场。缺少酱油调料，汉斯又从口袋里拿出些泥巴来。公主对他很满意，结果笨汉汉斯得到王冠和妻子，坐上了高高的宝座！

这还是民间故事中常见的逻辑——自命聪明高贵的，反而最没用；那些看似蠢笨的底层人物，反倒最机灵！

火柴女孩儿的圣诞夜

安徒生出身贫苦，因而也最同情苦孩子。《卖火柴的小女孩》就是最好的例子。

圣诞之夜，满街飘香，这本来是孩子们最愉快的时刻。可是有个穷人家的女孩儿，穿着破衣服，趿着不合脚的大鞋子，沿街叫卖火柴。整整一天，她连一根火柴也没卖出去。

夜幕降临了，她蜷缩在一个墙角里，冻得瑟瑟发抖。为了取暖，她划着了一根火柴。在火柴的光焰里，她仿佛透过墙壁，看

138

到屋子里的情景：铺着雪白台布的桌子，肥美的烤鹅，漂亮的圣诞树……

可这一切刹那间就消失了。她就这样一根根划着火柴，在火苗和幻象中获得一点儿温暖和安慰。——最终她在火光中看见最疼爱她的老祖母。为了留住老祖母，她划亮了手里所有的火柴。祖母搂着她，飞向了天国……圣诞夜，可怜的

《卖火柴的小女孩》插图

小姑娘冻死在街头，手里捏着燃剩的火柴，嘴角带着微笑……

安徒生写童话，可不是随意编个故事哄孩子。他有一颗金子般的心。他一辈子没结婚，把自己全部的爱都灌注到童话中。他自己就是个大孩子，用孩子的眼睛去看世界，用孩子的语言去讲述故事——这就是他的童话受到全世界儿童喜爱的原因。

安徒生长得不好看。他曾写过一篇《丑小鸭》，说一只丑陋的小鸭子处处受人欺负。可它心地善良，不断追求美的境界，最终变成一只众人仰望的白天鹅。——安徒生这是在写自己啊！

安徒生一生写了一百六十多篇童话，赢得了举世赞誉。当年排挤他的那些人怎么也想不到，正是这个文章里不时有语法错误的鞋匠的儿子，给丹麦文坛带来了巨大荣耀！

五三、果戈理与《死魂灵》（19 世纪，俄国）

一 "夜"成名的果戈理

俄国大文学家果戈理（1809—1852）比安徒生晚生四年，比俄国大诗人普希金整整小十岁。他出生在乌克兰波尔塔瓦省的一个小庄园里。

据说果戈理的祖上有波兰血统。他爷爷是军官出身，受过良好的教育。他爹不乐意当官，只喜欢恬静度日，因此早早退休，在家里管管庄园、写写剧本。果戈理家境并不富裕，但有门阔亲戚，不但在生活上照顾他们，还常邀果戈理的爹爹去府上排演戏剧。果戈理也在那儿读了不少文学书籍。

十二岁那年，果戈理考上了乌克兰有名的涅仁中学。在一群贵族公子哥儿中，这个贫家子弟显得有点儿寒酸；可他脾气挺倔强，不肯服输。他读了大量书籍，还喜欢演戏。

有两件事给果戈理的中学生活蒙上了阴影。

果戈理

一件事是爹爹死了；另一件是他喜欢的一位老师因宣传自由思想被解了职，果戈理替这位老师辩护了几句，于是也被校方看成危险分子。毕业时，他被降了两级，只发给一张十四品官的证书。

就在毕业这年的秋天，妈妈东挪西借给他凑了一笔盘缠，果戈理满怀报效祖国的热忱，去了京城彼得堡。

然而现实跟理想全然是两码事。整整一年，他什么工作也没找到。自费出版了一部长诗，得到的也只是批评与嘲笑。一气之下，他把没卖出去的书全都投进了火炉里！

后来他当上了一名小职员，靠着微薄的薪水艰难度日。不过这倒让他与底层社会有了更亲密的接触。爹爹死后，妈妈不能在金钱上帮助他，却应儿子的要求，为他搜集了不少家乡的乌克兰民间故事。终于，果戈理的第一部小说集《狄康卡近乡夜话》出版了。

这部集子连同续集，共收进了八个故事，全都是带着泥土气息的民间故事式作品。例如《圣诞节前夜》，讲的是一个聪明的铁匠，画得一手好画。可他因为画驱魔图得罪了魔鬼，魔鬼便偷走了月亮，不让铁匠跟心爱的姑娘幽会。

《狄康卡近乡夜话》插图

铁匠还是摸着黑去了。姑娘美是美，就是太骄傲。她心眼儿里喜欢铁匠，却又提出，非得穿上女皇的金鞋子才肯出嫁。

铁匠就想法子制伏了魔鬼，让魔鬼从彼得堡皇宫中弄来金鞋子。——其实姑娘早把一颗心许给他，有没有金鞋子也会嫁他的！

《狄康卡近乡夜话》一出版，果戈理立刻成了名扬全国的作家。普希金读了这个集子后十分兴奋，说："这才是真正的欢乐、真正的不平凡呢！"

哥萨克英雄谱《塔拉斯·布尔巴》

果戈理出了名，结识了不少文学家朋友。在良师益友的鼓励下，二十二岁的果戈理写得更带劲儿了。

《密尔格拉得》是紧接着《狄康卡近乡夜话》以后的又一部小说集，其中有一篇《塔拉斯·布尔巴》是历史题材小说，写的是 17 世纪时哥萨克好汉们反抗波兰人的故事。

老布尔巴是哥萨克联队长，留着威严的大胡子。他的两个儿子刚从基辅神学院毕业回家，布尔巴不容他们歇息片刻，马上送他们到哥萨克军营去接受严酷的军事训练。因为老布尔巴相信一条真理：对哥萨克的爱抚，不是家庭的温暖，而是草原和烈马！

可是两个儿子最终走的路却不同。小儿子安德烈早在基辅时，就认识了波兰总督的漂亮千金。后来他随联队攻打杜勃诺城，听说小姐也被困在城里，便开了小差，溜进城里去会情人。什么祖国呀，爹娘呀，全都抛在了脑后。

老布尔巴气愤极了，他派部下把身穿波兰军服的安德烈引到城外森林里，亲手杀了他。可不久，厄运又降临到他的大儿子奥斯达普头上。

奥斯达普在一次战斗中被俘，经受了敌人的酷刑折磨，始终不肯屈服。得知儿子被俘的消息，老布尔巴昏死了过去，他再也经受不住失去儿子的痛苦啦。

身体刚一复原，他就假扮成商人，深入虎穴去看儿子。可他们的最后一面，竟是在刑场上见到的。断头台上的大儿子已经很虚弱了，望着刑场上黑压压的陌生面孔，他高喊着："爹，你在哪儿？你听见了吗？"

"我听着呢！"寂静的人群里，响起老布尔巴打雷似的吼声。多少父子深爱，都包含在这惊天动地的吼声里！

最终，老布尔巴也在一次战斗中落入敌人手中，他被钉在一棵大树上，脚下堆起干柴。可他还不忘利用这最后的机会，大声指挥着远处的弟兄们撤退。就在这时，火焰吞没了他的双脚，笼罩了整棵大树……

《塔拉斯·布尔巴》插图

萧条田家院，金粉涅瓦街

《塔拉斯·布尔巴》写得那么轰轰烈烈、慷慨悲壮，让人读了热血沸腾；《密尔格拉得》中的另一篇小说《旧式地主》，却完全是另一种情调。

有一对地主老夫妇，并不是什么坏人。他们住在乡下的老宅子里，过着富足的生活。两人相敬如宾、相亲相爱，可精神却空虚得要命，一天到晚仿佛除了吃，就没有什么好干的。

后来老太婆在花园里看到一只黑猫，迷信地认为死神降临，不久以后便真的死了。老爷子由于伤心过度，跟着也死了。他们的产业本已销蚀不少，在继承者手里就愈发萧条，农舍也几乎完全坍塌了。

作者用细腻的笔致描写了一个几乎没有情节的故事。可是从故事那迟缓的节拍和阴沉的色调里，却让人得到了农奴制衰落的消息。——也有人说，这个故事里有着果戈理家庭的影子。难怪字里行间，流露出惋惜和伤感的情绪。

《彼得堡故事》是果戈理又一部出色的小说集。里面包括《涅瓦大街》《鼻子》《外套》《马车》《肖像》《狂人日记》等不少闪光的作品。

《涅瓦大街》写两个年轻人——画家和中尉，一同来逛彼得堡最繁华、最热闹的涅瓦大街，可巧遇上两个漂亮姑娘。

一向玩世不恭的中尉撺掇画家去跟踪黑发姑娘，自己则去追逐金发女郎。善良而真诚的画家被黑发姑娘那如花美貌和高雅气质迷住了，可是到那姑娘家里才知道，那么清纯的少女，竟

涅瓦大街今貌

是个烟花女！爱幻想的画家竟想帮姑娘跳出火坑，得到的却是
嘲笑和拒绝。画家受不了这打击，回家后就自杀了！

　　浪荡中尉又怎么样呢？他追的女人原来是个德国壶匠的妻
子。就在他勾搭那女人时，壶匠出现了，把他痛打了一顿。他
可是想得开，上街吃了两个馅饼，又去寻欢作乐了。

　　读罢小说，谁能不想想：美丽受着摧残，污秽蒙蔽了纯真；
善良的人黄土长埋，作恶的人却如鱼得水。——这就是当时的
俄国社会啊！

《外套》：生时卑贱，死为鬼雄

　　《外套》是果戈理最著名的短篇小说，里面写了个小人
物——九品文官巴施马奇金。他是个非常称职的抄写员，平日
安分守己、与世无争，说起话来总是结结巴巴的。这也难怪，

〔俄〕果戈理 著 韦素园 译

外套

《外套》中译本

他的地位太卑微啦。同事们见他软弱可欺，总拿他开玩笑、找乐子。

这个可怜的人的一件外套补了又补，实在不能再将就了。他终于咬了咬牙，准备做一件新的！这对一个穷职员来说，可是件大事。他省吃俭用，不但取消了晚间的一顿茶，夜里连蜡烛也免了。

新外套终于做好了，可头一天穿着它上班，就被人抢了去。他失魂落魄地向一位大人物求助，却遭了一顿训斥。他默不作声地回到家，爬上床去，从此再没起来。

不过从这以后，总有个鬼魂在夜里出来，专剥人家外套，连向巴施马奇金发脾气的那位大人物也没能幸免。——生前老实胆小、受尽欺凌的小职员，总算在死后痛痛快快地报了仇啦！

还记得普希金笔下的驿站长吗？那是俄国文学中头一个"小人物"形象。《外套》里的这个小职员，则是更生动、更典型的一位。——"小人物"又怎么样？他们也是人啊！《驿站长》和《外套》所写的，正是这样一个大题目。

以后的俄国文学家屠格涅夫、陀思妥耶夫斯基以及契诃夫，都写过这类小人物。照陀氏的说法："我们所有的人，都是从果戈理的《外套》里孕育出来的！"《外套》在俄国文学史上的意义，还用多说吗？

果戈理的这几部小说集，为他奠定了大作家的地位。当时的进步文学评论家别林斯基，就称他是"文坛盟主"和"诗人的魁首"。果戈理在文坛上差不多跟普希金并驾齐驱啦。

专骗骗子的"钦差大臣"

不过果戈理仍然奉普希金为老师。果戈理的两部最著名的作品：讽刺喜剧《钦差大臣》和长篇小说《死魂灵》，就全是普希金提供的材料。普希金曾到外省搜集普加乔夫的历史素材，当地官员还以为彼得堡派大官儿来私访呢，都跟前跑后地大献殷勤。果戈理听了很受启发，一个"钦差大臣"的故事就这样诞生了。

故事发生在外省一个小城市。市长风闻有位彼得堡的钦差大臣要来私访，马上召集手下官员研究对策。他要慈善医院主任赶快把医院整顿好，又提醒法官别在法庭上晾破烂儿、养鸡鸭，还叮嘱邮政局长拆看来往信件，遇着控诉或检举的一律扣下来……

就在这当口儿，有人慌慌张张跑来报告，说本市一家旅馆住进一位行动诡秘的年轻官员，八成就是彼得堡来的大官儿！这下子可把市长一伙急坏了，大家一商量，还是主动出击为妙！

旅馆里这位年轻人叫赫列斯达科夫，是个高不成、低不就的公子哥儿。他正经事干不来，只喜欢乱花钱、穷摆阔，外加能吹好赌；眼下由于付不起房钱饭钱饿得肚子乱叫，正受仆人埋怨呢！

忽听市长驾到，他先自吃了一惊。等闹明白事情原委，他就又吹开了牛，说自己是彼得堡来的高官，在京城里手眼通天、权高势大。市长听了，浑身哆嗦，先答应借钱给他，接着又邀请他到家中下榻。这正中赫列斯达科夫下怀。

等这位"钦差大臣"视察了慈善医院，饱餐了美味佳肴，有了精神后，牛吹得就更厉害啦。他说自己每天都出入宫廷，下一步就要升元帅了！

官员们先是目瞪口呆，但马上就想明白"钱能通神"的道理，于是走马灯似的到"钦差大臣"房间里去送钱。赫列斯达科夫的钱袋正闹"饥荒"，又哪有不赏脸的呢？

市长的老婆和女儿也争着向"贵人"卖弄风情。赫列斯达科夫飘飘悠悠，简直有点儿忘乎所以啦！——还是聪明的仆人提醒他：梁园虽好，不是久恋之家；一旦被人识破，可不是好玩的！

说走就走，主仆二人带上大笔钱财，驾上最好的马匹，假托去串亲戚，就那么大模大样地扬长而去。

剧本《钦差大臣》插图

等邮政局长私下拆开"钦差大臣"留下的信，登时两眼发黑。市长一伙儿听说遇上了骗子，也都干瞪眼儿。——照市长的说法："我当官三十年，没一个买卖人、承包商能骗得了我。连最狡猾的骗子也栽在我手里，一手遮天的流氓恶棍都上过我的当。我还骗过三个省长呢！"可如今怎么样？他让更狡猾的骗子骗啦！

就在市长一伙后悔不迭的当口，宪兵报告说："真的钦差大臣到了！正在旅馆等着呢。"舞台上的人顿时像是触了电，一个个呆若木鸡。全剧就在一派死寂中落下了帷幕。

"脸丑莫怪镜子歪"

果戈理的讽刺天才，在这出戏里发挥得淋漓尽致！戏正式公演时，剧场里坐满高贵的观众，连沙皇也带着皇太子驾临。开演以后，剧场里"哗——""哗——"一阵阵哄堂大笑。

可笑过之后，人们又觉着不是滋味。尤其是市长的那句台词儿："笑什么？笑你们自己吧！"是啊，戏里讽刺的，不正是台下这班达官显贵吗？"脸丑莫怪镜子歪！"这正是果戈理写在剧本前的题词。

的确，《钦差大臣》就像一面照见官场丑恶的镜子，刺痛了沙皇及大大小小的官僚们。于是他们骂起人来。有人嚷着要禁演这出戏，还有人说要把剧作者用铁链子捆起来送往西伯利亚充军！官僚、警察，甚至商人、文人，都来攻击二十六岁的果戈理，只因为这出戏里"稍微有一点儿真理的影子"（果戈理语）。

不过老百姓却十分喜爱这出戏，它的剧本一出版，立刻被抢购一空。许多年轻人还能大段大段地背诵精彩的台词呢。戏台上那位轻浮浅薄、爱虚荣、好吹牛的赫列斯达科夫，也成了挂在人们嘴边上的人物。生活中谁若是厚着脸吹牛皮，人们一准叫他"赫列斯达科夫"！

划时代巨著《死魂灵》

官僚贵族们对《钦差大臣》的攻击诽谤让果戈理寒心，他不得不出国去换换环境，也好安安静静地写他的小说新作《死魂灵》。

他到过德国、瑞士、法国和意大利，三年以后才回来。普希金逝世时，他正在国外。听到老师去世的噩耗，他手脚冰凉，一言不发，回到寓所就病倒了。

《死魂灵》从开始写作到修订出版，前后经历了十年光阴。书写成后，沙皇政府的书报检查机构却不准出版。那位负责检查的官僚说："什么？灵魂还能死去吗？灵魂可是永生的！"后来经过别林斯基等人的斡旋，作者又修改了一些章节，这部书总算印出来了。

那么，"死魂灵"到底指的什么呢？——原来在农奴制的沙皇俄国，官府每隔十年做一次人口调查，地主们要为他们拥有的每一个农奴交税。有些农奴死了，可他们的名字得在下一次调查时才被注销，地主照样得为这些不存在的农奴纳税，这就是书中所说的"死魂灵"。

有个心思诡诈、善于投机的地主乞乞科夫，异想天开地跑到

各地去收买死魂灵。他
打算用贱价买进这些地
主们巴不得扔掉的空额，
再拿到救济局去抵押，
好骗取一大笔贷款。于
是读者便有机会跟着乞
乞科夫走进一处处地主
庄园，看看俄国农奴制
的根基——那些地主们，
到底是些何等人物。

《死魂灵》插图一

头一位被访问的叫
玛尼罗夫，他是个富有
而又文明的地主，谈吐
高雅、举止得体，却又甜得让人腻歪。

他懒散得要命，在他那讲究的客厅里，有一对只绷了麻袋
布、还没蒙上面子的扶手椅。主人就任它们在那儿摆着，懒得
去管。书房的桌子上搁着一本书，书签夹在两年前读过的地方，
后来就一页没翻过。窗台上磕着无数堆烟斗灰，一堆堆摆得挺
整齐，这可是主人的"精心设计"呢。——玛尼罗夫的生活，就
是这么无聊而又空虚！

另一个地主叫梭巴开维支，他身体结实粗笨，活像头狗熊，
连穿的衣裳也是熊皮色的。他家的一切，房子啊，栅栏啊，桌
椅啊，也都跟他一样粗笨；就连客厅墙上挂的人物肖像，也虎
背熊腰的。

然而这个笨汉谈起生意来却挺机灵。他听明白乞乞科夫的来意后，马上开出一个灵魂一百卢布的高价来。不过经过一番讨价还价，最后以两个半卢布的价格成交。

泼留希金，吝啬典型

在梭巴开维支这儿，乞乞科夫听说有个叫泼留希金的地主，拥有八百个快要饿死的农奴，就赶紧奔过去。可一路打听，却没人听说过泼留希金的名字，只知道有个地主，外号叫"打补丁的"。

是了，"打补丁的"就是泼留希金。初次见面，谁也不敢想象，眼前这位竟是有着上千个死魂灵的大地主。

他的衣裳全然看不出颜色，袖子和领口脏得发亮，竟像是做长靴用的皮革。衣襟的下摆露出了棉花团，脖子上围的东西不是旧袜子就是破绷带，但绝非围巾！他的仓库里堆得满满的，干草和谷子早沤成了肥料，只差在上面种白菜。地窖里的面粉结成硬块，得用斧子去劈。麻布、呢绒和各种各样的布匹，烂得一碰就会化成飞灰。可就是这样，老泼留希金仍然在一刻不停地聚敛财物。

他走在路上，时刻留心着脚底下。无论看见什么玩意儿：一只旧鞋底、一片破衣裳、一枚铁钉、一角碎瓦，他全都捡起来，扔回他家的破烂堆里去。因而他走过的路，压根儿就用不着打扫！

譬如有个军官刚觉着掉了个马刺，那玩意儿早已躺在泼留希金的破烂堆里了。有个农妇没留神把水桶忘在井沿上，泼留希金拎起来就往家跑。若是被捉住呢，他就和和气气给人撂下；可一旦躺进他的杂物堆里，你就别想再要回来——他会指天发誓，恨不得把那东西说成是祖传的！

泼留希金也有"慷慨"的时候。他女儿带着小外孙来看他，他随手从桌上拿了一个纽扣送给外孙当礼物。可是下一回，女儿给他送来点心和新睡衣，他却只把两个外孙放在两条腿上，一高一低地给他们当马骑，却再不肯给一个子儿。

这回他听说乞乞科夫要

《死魂灵》插图二

买走死魂灵，替他解决纳税负担，顿时激动万分，破天荒第一次拿了发霉的饼子来招待客人！

这些人物，就是果戈理笔下的俄国地主形象。究竟谁是"死魂灵"呢？玛尼罗夫、梭巴开维支、泼留希金之流，才是真正的"死魂灵"啊！小说里的每一个形象、每一段情节，都让人发笑。可是在笑料后面，你会发现作者是蘸着泪水来写作的。

果戈理爱他的祖国，他渴望着在俄国大地上扫除一切贫瘠、散漫、腐朽、愚昧……他在《死魂灵》末尾抒发着自己的感慨："唉唉，俄国呀，我的俄国呀……这不可测度的开阔和广漠是什么意思？你本身是无穷的，在你的怀抱里，难道不该产生出无穷的思想吗？在这可施展、可以迈步的旷野里，难道不该产生出英雄来吗？"——这才是果戈理所期待的！

生命有尽，文字长存

《死魂灵》出版后，保守势力的攻击就更厉害了。他们说：这哪里是艺术，分明是一幅愚蠢的漫画……每个人物都是前所未有的夸大，简直让人读不下去！

还有人硬说果戈理中伤俄国，嚷着要把他投入监狱。可别林斯基、赫尔岑这些进步学者，却把这部小说称为"划时代的巨著"，说它可以跟普希金的《叶甫盖尼·奥涅金》相媲美。又说《死魂灵》的问世，标志着俄国文学进入了"果戈理时代"！

不过果戈理的性格中也有弱点。他并不想推翻农奴制，只想让地主们良心发现，变得高尚一点儿。受到统治者的攻击压迫之后，他决定写一部《死魂灵》续集，把第一部中的这几位地主，改成经过修炼、道德升华的正面人物。

1842年夏天，他再次出国。在国外一待三年，第二部的初稿总算完成了。可他自己读了又读，总觉着不对劲儿，于是毫不犹豫地把辛苦写成的书稿扔进了火炉里。

果戈理的身体一天不如一天，情绪也越来越低落。他发表了一部书信集，里面说了些消极的话，让朋友们看了痛心。后来他去耶路撒冷做了一次朝圣旅行，回国后便深居简出，继续写《死魂灵》的续集。

书倒是写完了，可他已经病得起不了床。1852年，就在冬日将尽的一个深夜，他把书童喊来，要他把写好的稿子烧掉。书童哭着劝阻他，可他理也不理，亲自动手把书稿扔进壁炉里，看着它化成灰烬，倒在沙发上放声大哭！几天以后，果戈理离开了人世。那一年，他才四十三岁。

果戈理的人生曾放射出那么灿烂的光华，照亮了整个俄国文坛。有人就称他为"俄罗斯散文之父"，认为俄罗斯现实主义小说传统，是由他开创的。

果戈理塑像

果戈理的作品在20世纪初就传到中国。鲁迅先生非常喜欢他的作品。果戈理曾写过一篇短篇小说《狂人日记》，里面描写一个因为受压抑而发了疯的小人物。后来鲁迅也写了一篇同名小说。鲁迅还曾亲手翻译了果戈理的《死魂灵》，可见这位俄国大文豪在鲁迅心目中的地位！

五四、狄更斯与《大卫·科波菲尔》
（19世纪，英国）

"苦孩子" 大卫·科波菲尔

19世纪30年代，英国进入了维多利亚女王时代。英国是君主立宪制，权柄握在资产阶级手里，资本主义经济也发展得特别快。当时的英国号称"世界工场"，它把工业产品销往全世界，又从世界各地掠夺了大量原料和金钱。单是一场"鸦片战争"，英国就从中国掠走白银两千万两！

然而发财的只是英国的大资产阶级，广大的英国工人、农民乃至小业主们，依然是朝不保夕。——英国大作家狄更斯的长篇小说《大卫·科波菲尔》，是在鸦片战争后第十个年头写成的，里面记述了一个苦孩子的不幸遭遇，那正是英国底层社会生活的写照。

大卫这孩子没出世就死了爹爹。娘再嫁后，后爹把大卫看成眼中钉。等到娘也死了，大卫便被送到一家工厂当了刷瓶子的童工，寄住在密考伯先生家。密先生孩子一大堆，日子过得挺艰难。可密先生满脑子都是发财致富的大计划，只是一施行起来，总是失败，最后干脆因为负债太多，全家都进了监狱。大卫失去依靠，只好去投奔姨婆……

《大卫·科波菲尔》插图

小说刚开头，读者已领略够了底层社会的贫困与灰暗。然而这不是作者的虚构，这里面写的，一多半是狄更斯的亲身经历。《大卫·科波菲尔》这部书，也始终被人看作是狄更斯的自传体小说。

狄更斯：小童工成了名作家

狄更斯（1812—1870）出生在英国南部朴茨茅斯一个海军小职员的家庭。他父亲为人善良，喜爱孩子。可他不怎么会过日子，挣钱不多，却喜欢讲究个排场，因而欠下一堆债务，最后被债主送进了监狱。

一家人失去生活来源，也都跟着搬进牢房。只有小狄更斯在一家鞋油作坊

狄更斯

里找了个贴标签的活儿，两头不见日头拼命干，一星期才挣六个便士。也就是说，干一个季度还挣不到一个金镑！

贫困肮脏的街巷、阴森黑暗的监牢，从小给狄更斯留下难以抹去的印象，这些场景后来都被他写进小说里。后来，就像他的小说里常常出现的情节：他家有个远亲去世了，给他们留下一笔遗产；父亲还清债务，出了监狱，小狄更斯也进了学校。

狄更斯是个聪明好学的孩子，在学校里总是考第一。可是读了没几年，父亲又把他送到一家律师事务所去当缮写员。虽然跟学校断了缘分，狄更斯却始终不忘学习，他是伦敦大英博物馆图书馆的常客。何况在他身边，还有社会这本大书，他每天都在翻动着书页呢。

《匹克威克外传》插图

　　不久，狄更斯当上了报社的采访记者，专门写一些社会特写。这样一来，他有了展露才华的机会。于是有人建议他为一套幽默连环画配写故事。故事是分期发表的，取名《匹克威克外传》。

　　主人公匹克威克是个古道热肠的绅士，他出门旅行，遇到许多有趣的人和事：诱拐女人、制造笑料的骗子啊，想要显示枪法却误伤了同伴的主人啊，还有为竞选而变得癫狂的市民们……读者通过这些有趣而亲切的故事，认识了二十五岁的狄更斯。这以后，狄更斯辞去记者职务，当上一家杂志社的主编，并跟一位报社老板的千金结了婚。这时他已是名作家了。

　　《大卫·科波菲尔》里的大卫，走的也是这样一条道路。他被姨婆收留后，先是读书，接着又进了一家律师事务所。以后当上记者，又成了作家。就连大卫那并不美满的婚姻，也有着狄更斯生活的印迹。

　　不过把《大卫·科波菲尔》单看成作者的自传，却又低估了它的意义。其实作者是在写他的一种人生理想。在那个金钱至上的社会里，一些人巧取豪夺、自私自利，全不顾道德廉耻。像小说中那个给律师当助手的坏蛋希普，永远是一副谦卑谄媚的样子，一握手，手掌又潮又黏，让人打心眼里腻味他。他表面假装恭顺，暗地里却设下圈套，掌握了事务所的大权，把老律师当傀儡耍；还侵吞了大卫姨婆的财产。

大卫则代表了完全不同的另一类人。不管世风怎么衰颓、人心怎么混乱，他却抱定了利他主义的信念，对生活充满信心和热爱。——这才是作者要告诉人们的。

《大卫·科波菲尔》在20世纪初即有中文译本，只是书名译作《块肉余生述》。

《奥利弗·退斯特》：仍是苦孩子的故事

狄更斯是苦孩子出身，他的小说，也总离不开苦孩子的题材。有一部长篇《奥利弗·退斯特》，是紧接着《匹克威克外传》写出来的。这书最早介绍到中国来，被译为《雾都孤儿》。它所展示的，是社会最底层一幅昏黑如夜的图画。

在英国的一座小镇上，有个年轻的孕妇晕倒在街心。有人把她送到贫民收养所，在那儿她生下个男孩儿就死去了。收养所管事儿的给男孩儿取名叫奥利弗·退斯特，并把他交给一个老太太收养。九年以后，管事儿的又把他领回收容所，让他当了童工。

有一回吃完饭，被饥饿折磨着的孩子们推举奥利弗再去要点儿稀粥。管事儿的大怒，狠狠打了他一马勺，又把他关进黑屋里。第二天，收容所贴出告示，说是谁愿把奥利弗领走，收容所甘愿倒贴五个金镑！就这么，奥利弗成了殡仪馆的小学徒。白天，他替人挽车出殡，天生的一脸苦相，全不用化装；夜里，他就睡在空棺材边上。

奥利弗受不了老板的虐待，不久就一路要饭逃到了伦敦。可才出狼窝，又入虎口；奥利弗又落入一伙儿窃贼手里。贼头儿费金逼着他去行窃。头一回出马，他就代人受过，挨了一顿打。第二回，他又挨了一枪子儿，差点儿送了命。

可是他每回都能遇见好人：有个叫勃朗罗的好心先生曾领他回家。勃朗罗家的墙上挂着一幅画像，画像上的女子跟小奥利弗别提多像了。后来奥利弗又遇上了梅里夫人和萝斯姑娘，她们成了他的保护人。

就在这时候，有个叫蒙克斯的神秘人物来找贼头儿费金。他提出个怪要求：只要费金能把奥利弗"培养"成不可救药的坏

《奥利弗·退斯特》插图

小子，他甘愿出一大笔钱。——奥利弗在贼窝儿里有个要好的小女伴叫南茜，她偷听到蒙克斯与费金的密谈，就偷偷跑去告诉了萝斯姑娘和勃朗罗先生。可她自己却被蒙克斯杀害了！

勃朗罗先生找到蒙克斯，逼他吐露了真情：原来蒙克斯跟奥利弗竟是同父异母的兄弟。这两兄弟的爹爹爱德华娶妻生下蒙克斯，又转而爱上了一个退休军官的女儿，并让她怀了身孕。后来爱德华去罗马办事，病死他乡。这边呢，姑娘怀了孕，被爹爹赶出家门，在收养所生下小奥利弗就死去了。而勃朗罗先生家的画像，画的正是奥利弗的亲娘，因为勃朗罗是奥利弗爹爹的好朋友。

不过奥利弗的爹爹临死前立下遗嘱，把家财的大半留给未婚妻和未出世的孩子。但有个条件：如果这孩子将来行为不端、有辱门风，遗产就归他的异母哥哥蒙克斯一人独有。——这回大家明白了，为什么蒙克斯盼着弟弟堕落。

当年，奥利弗的娘一死，他外公也忧愤离世。留下个小女儿只有三四岁，被梅里夫人抚养长大，那就是萝斯姑娘。论起来，奥利弗还得管她叫小姨呢。

最终，蒙克斯跑到美国，犯了事，死在狱里。费金也受到应有惩罚。不过临死前，他透露了一封信的线索。那信是奥利弗的爹爹写给未婚妻的。有这封信作证，奥利弗继承了爹爹的全部遗产。这才叫"苍天有眼、善有善报"呢。

《老古玩店》：催人泪下祖孙情

在狄更斯的小说人物里，给人印象最深的就是那些苦孩子们。狄更斯对他们太熟悉啦。他们就是跟狄更斯一块儿贴标签的童工，一块儿在贫民窟里挣扎活命的小伙伴儿。在另一部小说《老古玩店》里，耐儿、吉特等，也全是这样的苦孩子。

耐儿是个女孩儿，人长得漂亮，心地又纯洁，只是身体太柔弱了点儿。她跟外公相依为命，守着一爿老古玩店过活。店铺开在一条偏僻的小巷里，堆着卖不出去的陈年破烂货。为了给外孙女挣下嫁妆，老外公开始一宿一宿地玩牌下赌注，幻想着有朝一日时来运转；可命运却把他交到高利贷者的手心儿里。

终于有一天，老古玩店破了产。祖孙俩被迫离开伦敦，一路向西流浪。不久耐儿在一处蜡像馆找到一份解说员的工作，可外公却依旧嗜赌如命。没办法，姑娘只好又带着老人离开这里。一路饱尝了流浪的艰辛，他们终于在一个偏僻而宁静的小山村落了脚，当上了小教堂的看门人。

《老古玩店》插图一

"耐儿真的死了吗"

可是在伦敦，有人正惦念他们呢。老古玩店本来雇着一个打杂儿的男孩儿叫吉特，耐儿待他很好，常教他读书识字。在吉特的心中，耐儿也就成了最可爱的天使。然而耐儿却不辞而别；当吉特赶来送行时，空荡荡的店堂里，只留下一只小鸟儿。

惦念这祖孙俩的，还有一位神秘的海外来客。那是个有钱的独身绅士，四处打听祖孙俩的消息——吉特后来才知道，原来他是老人的弟弟。年轻时，这哥儿俩爱上了同一个姑娘。为了哥哥的幸福，弟弟放弃了心上人，远走他乡。可哥哥婚后不久，妻子就死了，只留下个漂亮女儿。女儿长大后嫁了人，生下一男一女，也便撒手而去。那男孩子不成器，后来成了恶棍，老人的家财，全被他败光了。女孩儿却好得出奇，就是耐儿。

如今独身绅士在海外发了财，回来寻找哥哥。几经周折，他跟吉特来到了这穷乡僻壤的小教堂。——然而他们来迟了，当吉特捧着鸟儿来到耐儿床边时，她刚刚咽气。过度的操劳、旅途的艰辛，

《老古玩店》插图二

彻底毁了她的健康。

耐儿就葬在教堂边的墓地里。白发人送黑发人，世上还有比这更惨的事吗？老外公伤心过度，也倒在了耐儿的墓碑旁。

狄更斯的小说，不少都是喜剧结局。而这部，却是以诗一样的悲剧做结尾的。耐儿这个美丽、纯洁、柔弱的姑娘死了，不知有多少读者为她流下同情之泪。

小说在杂志上连载时，就有人给狄更斯写信，要他千万"保全"耐儿的生命。据说远在美国矿区的工棚里，矿工们丢下手里的纸牌，静静地听伙伴朗读《老古玩店》。当听到耐儿死去时，粗壮的汉子们也禁不住流下热泪来。

纽约码头的民众看见有外洋船来，就高喊着问：耐儿真的死了吗？——还没有哪个文学人物被老百姓这样真挚热切地关怀过。因为她不是高高在上的公主和小姐，她就是他们的姐妹或女儿啊。

董贝是如何找回人性的

狄更斯的新作一部接着一部，差不多每一部都针对某一种社会弊端加以讽刺。像《董贝父子》吧，讽刺一个只重生意不重人情的资本家董贝。他神气十足，总觉着自己就是这个世界的主人，地球是专门为他的公司在上面进行贸易而存在着，太阳和月亮也只是为了给他的生意照亮儿。

董贝有一儿一女。可他只爱儿子保尔，因为那是他公司的继承人。至于女儿芙洛伦丝，又能对他的事业有何帮助？然而儿子得不到亲情与温暖，小小年纪就得病死了。

董贝为了排遣丧子之痛，外出旅游，偶遇年轻漂亮的寡妇爱狄丝。董贝把她做了一番估价，认为若把她算作公司的一笔投资，将来生育个继承人，还是很划算的。于是他向爱狄丝求婚，并娶了她。——可两人间哪里有什么感情呢！

这中间，董贝的女儿芙洛伦丝被一位"善良的太太"拐走，多亏公司职员瓦尔特把她找了回来。芙洛伦丝从此跟瓦尔特成了好朋友。

董贝的新太太虽是芙洛伦丝的后娘，却对姑娘十分友好。这让董贝很不痛快：他认为太太是自己的一笔投资，只能把感情投射到自己身上！——新太太受不了董贝的冷酷与专横，不久跟着董贝的助手跑掉了。

最终公司的生意也破了产，董贝万念俱灰，起了自杀的念头。就在这时，被他赶走的女儿抱着两岁的外孙出现了。原来，曾救过芙洛伦丝的瓦尔特被派往西印度群岛，之后就失去了联系。传说他的船沉了，人也淹死了。可有一天他突然回来了，是一条开往中国的货船搭救了他。一对恋人终成眷属，而芙洛伦丝心里放不下父亲，赶来看他。这一切，唤起董贝心中的人性。他这才明白，女儿才是真正爱他的人。女婿瓦尔特事业有成。董贝抱着小外孙子，体会着天伦之乐，到这会儿才若有所悟。

《荒凉山庄》揭示的是司法机构的阴暗内幕。有一家人为了争夺遗产打起官司来，可官僚机构就像一台走走停停的老钟，案子一拖就是二十年。遗产全部在诉讼中花光了，当事人死的死、疯的疯，案子最终不了了之。小说极力渲染初冬时节伦敦那雨雾迷

《艰难时世》插图

蒙的坏天气，那显然是司法机构混沌阴暗的象征。

另一部长篇《艰难时世》写的是劳资对立的事。虽然作者不赞同暴力斗争，主张用爱来调和矛盾；可作品描写了工人们的凄惨生活，也写出了工人的觉醒。作者显然是站在工人一边的。

爱恨交织《双城记》

面对黑暗势力，是以暴力抗争呢，还是用宽容、仁爱去感化？在历史小说《双城记》里，作者探索的，依然是这个问题。

"双城"指的是英吉利海峡两岸的英国首都伦敦和法国首都巴黎。故事发生的时代，正是法国大革命前后。1715 年的一个夜晚，巴黎的年轻医生梅尼特被厄弗里蒙地侯爵兄弟请去出诊。病人是个漂亮的农家女子，由于受了侯爵的奸污，悲愤发狂、神志昏迷，不久就死去了。

她的丈夫早就被侯爵兄弟折磨死了，爹爹也因悲伤而去世。

她弟弟赶来报仇，也死在侯爵的剑下。一家人就这样家破人亡，只逃掉一个小妹妹。

医生是个正直的青年，他了解了这黑暗的一幕，便毅然写了一纸控告信，上呈朝廷。可是信却落到侯爵兄弟手里。为了灭口，他们劫持了医生，把他打入巴士底狱。从此，梅尼特医生从人间"蒸发"了。两年以后，他的妻子悲伤而死，留下个小女孩儿，被医生的好朋友劳雷先生带到了伦敦。

梅尼特在巴士底狱中度过了十八个年头，终于等来了出头的一天。是他的老仆人得伐石和好友劳雷营救他出狱的。如今他已白发苍苍，而从英国赶来迎接他的女儿路茜，也已出落成亭亭玉立的大姑娘。

在前往英国的旅途中，有个英俊的法国小伙子查理斯跟他们

《双城记》插图一

搭伴，一路上悉心照顾医生。医生父女对他挺有好感。到伦敦后，查理斯当了一名法文教师，还时常来看望医生父女。他跟路茜情投意合，结婚几乎是水到渠成的事。

可就在举行婚礼的前一天晚上，查理斯向姑娘透露了一个秘密：原来他竟是厄弗里蒙地侯爵的儿子！——作恶多端的侯爵，却有个贤惠的妻子。她痛恨丈夫的行为，预感到这罪恶之家早晚要遭报应。她把全部希望都寄托在儿子查理斯身上，盼望他长大了能替父辈赎罪。

这孩子没辜负当娘的期望。他善良、正直，又热情，一点儿不像他爹。他还决定放弃贵族身份，改名换姓，远走英国，做一个自食其力的普通人，彻底跟这个罪恶之家一刀两断！

其实医生早就隐约猜到查理斯的真实身份。不过经过十八年地狱般的磨炼，老人的思想早已由激烈转入平和。他不念旧恶，坦然接受了这个仇家之子做女婿。路茜跟查理斯结合后，生下个可爱的小女孩儿。一家老少三代，日子过得和谐而美满。

因仇生恨，为爱牺牲

终于有一天，法国爆发了大革命。巴黎市民攻下巴士底狱，贵族老爷们一个个上了断头台。作恶多端的侯爵兄弟早已经死了，他家的仆人代主受过，被投入监狱。查理斯接到仆人的求救信，不顾个人安危，赶回巴黎去救人。他一到，立刻被关进了死囚牢——谁让他的身体里流着侯爵的血呢。

医生父女连夜赶到巴黎，把查理斯救出了监狱。梅尼特医生坐过巴士底狱，他说话挺有权威；他亲自到革命法庭替查理斯辩护，法庭还能不放人吗？

不过查理斯刚踏出监狱大门，又被捉了回去。这回是梅尼特医生的老仆人得伐石，把查理斯又告下了。他所用的控诉书，正是医生多年前在狱中写成的。旁听的民众听到控诉书中叙述的累累罪恶，都恨死了侯爵一家，一致主张让查理斯代父偿命。法庭的判决，这一回算是板上钉钉啦。

就在这千钧一发的当口，英国青年卡尔登来到巴黎。他是个律师，长得跟查理斯活像双胞胎兄弟。在英国时，他是梅尼特医生家的常客。他暗恋着路茜，曾发誓为了她和她所爱的人，甘愿献出自己的生命。

如今机会来了。他一到巴黎，就让医生父女准备好马车和护照，只等查理斯一到，就带他逃走。而卡尔登自己则买通了监狱看守，用麻药把查理斯麻翻，偷偷抬出监狱；他自己换上囚衣，代查理斯留在牢中。

天亮了，卡尔登被当作查理斯，送上了断头台。为了最真诚的爱，这个英国小伙子献出了自己宝贵的

《双城记》插图二

生命。与此同时，一辆马车载着几个法国人奔向边境——他们会永远记着卡尔登的。

狄更斯在小说中尖锐抨击了法国贵族的残暴，面对贵族的罪恶，民众的任何过火行动也都是可以理解的。——得伐石为什么那么恨侯爵一家？因为他的妻子就是当年从侯爵魔爪下逃走的那个小女孩儿。

得伐石开了个小酒店，那是个革命党的联络据点。得伐石的妻子整天坐在店门口织她的大围巾。织啊，织啊，她是用不同的花纹来记录贵族的罪行，等待着算总账的一天呢！

最终，这位复仇女神闯进医生的住所，想要亲手报仇，却在与女仆争斗时死于枪支走火。——狄更斯在小说中依然抱着非暴力的主张，他希望人们像医生那样宽恕他人，像卡尔登那样牺牲自己，又希望贵族们都像查理斯那样脱胎换骨。然而即使在小说里，这一切也是行不通的。

《远大前程》，又名《孤星血泪》

狄更斯还有一部小说《远大前程》，是他晚年的作品。里面写的，依然是个苦孩子的故事：有个叫匹普的乡下孩子，没爹没娘，跟着姐姐和当铁匠的姐夫过活。有一回，他在坟圈子里遇上个逃犯，匹普给他弄来吃的喝的，还带给他一把锉刀，帮他打开了镣铐。

多年以后，忽然有个不愿透露姓名的人，通过律师向匹普提供金钱，让他去过上等人的生活。匹普开头以为，这个好心人一定是村里的一位老小姐，因为他曾在这位行为古怪的老小姐家里当过一阵子小听差，还偷偷喜欢上她的养女艾斯特拉。

不管这位幕后人是谁吧，匹普反正是去了伦敦，由一个乡下的穷孩子，踏入上流社会，这简直就是一步登天呀。可不久他就发现，上流社会有的只是冷酷无情、自私自利、贪得无厌！他所喜欢的艾斯特拉也已嫁了人，这一切都让他失望。一比较，他觉着还是在乡下当铁匠的姐夫显得那么朴实，那么高尚。

后来匹普才知道，幕后提供金钱的不是老小姐，而是当年他帮助过的那个逃犯，艾斯特拉便是这逃犯的亲闺女。不过逃犯不久就被官府捉住，判了死刑。匹普断了经济来源，又大病一场。病好后就出了国。

多年后，匹普从海外归来，在乡下意外地遇上了艾斯特拉。如今她死了丈夫，成了自由人啦。这一对有情人终于拉起了手。

《远大前程》插图

狄更斯终生都忘不了那些苦孩子们。据说自从狄更斯的"苦儿"题材小说问世，社会才普遍关注起儿童问题来。谁说小说只是一些无足轻重的闲书呢？

狄更斯一生勤奋，共写过十四部长篇，没一部不引起轰动的。他写得太苦，再加上家里有许多烦心事，这一切损害了他的健康，五十八岁时终于一病不起。

狄更斯还是一位文学上的革新家。他的小说塑造了那么多底层社会的小人物，个个生动活跃，还带着几分夸张的神色。细腻的描写，幽默的语言，形成了狄更斯的独特风格。

在当时英国，无论贵族还是贫民，人人都在读他的小说，人人都觉着自己跟他有私交。他的小说里没有说教，可人们读着读着，不知不觉就受到书中人物的感染，心灵得到了净化。——这大概是因狄更斯始终怀着一颗赤子之心的缘故吧。

根据这部小说拍摄的电影曾在中国上演，片名译为《孤星血泪》，很受中国观众欢迎。

五五、萨克雷与《名利场》（19 世纪，英国）

画家改行写小说

狄更斯写《匹克威克外传》，最早是为人家的画配上文字。后来那个画家死了，狄更斯想再挑个画家做搭档，拿画来配他的文。

有个叫萨克雷的画家毛遂自荐，可狄更斯不喜欢他的画风，婉言谢绝了。萨克雷碰了钉子，心里挺不是滋味儿，索性扔掉画笔，也写起小说来。——面对挫折，及时调整，萨克雷日后竟成了名声仅次于狄更斯的大作家！

萨克雷（1811—1863）虽是英国人，却出生在印

萨克雷

度的加尔各答。他父亲是英国东印度公司的高级职员，在他五岁时就去世了，给他留下了一大笔遗产。

萨克雷从小被送回英国读书，后来又进了赫赫有名的剑桥大学学法律。他算不上是好学生，能玩好赌，不务正业。不过那年头有钱的少爷们，有几个不是花花公子呢？

萨克雷跟狄更斯年岁相仿，可他们的少年时代却那么不同：一个养在蜜罐中，一个泡在苦水里。然而狄更斯靠着自己努力，二十出头就成了有名的作家；萨克雷呢，二十多岁时，他存钱的那家银行破了产，丢了金碗，正走投无路。

他想靠赌钱发财，又想凭着绘画糊口，结果都行不通。最后还是狄更斯激励他走上写作之路。他很感谢狄更斯，在一次宴会上，他对狄更斯说："是你让我看清了自己。"——而萨克雷

的这番经历，本身就像一篇情节曲折的小说呢。

《名利场》：蓓基姑娘算盘精

萨克雷开始只是写些幽默故事和特写。有一部《势利人脸谱》，很能体现他的讽刺锋芒。作者认为这个世界从国王到大臣，从商人到奴仆，全都是势利眼。

其中有这么一段描述：旅馆里来了一群仆人，他们的主子全是当朝显贵。身为贵人的奴仆，他们自然也都挺胸凸肚、派头十足啦。可是不一会儿，国王的仆人到了，这些私家奴仆们马上点头哈腰，再也端不起架子。——作者说，他们还不是学主人的样儿，他们的主人就是一群下贱的势利眼啊！

让萨克雷成名的作品，是他的长篇小说《名利场》。这名字，来自17世纪班扬的寓言小说《天路历程》。——那书中写了一个把名利当作商品的市场，什么灵魂啊，荣誉啊，鲜血啊……跟房屋、地产、珠宝一块儿出卖。萨克雷拿这个典故来作书名，意思是再明白不过了。

《名利场》一开头，写两位姑娘从一所女子学校毕业，准备回家去。其中一位是爱米丽亚小姐，她善良厚道，心思简单，家里又有钱，学校上下没有不喜欢她的。另一位叫蓓基，五官还算端正，可身材瘦小，脸色苍白。她父母双亡，全靠自己在学校里半工半读，好不容易毕业。照她自己的说法，她从来没当过孩子，从八岁起就是"女人"啦！

蓓基无家可归，准备先到爱米丽亚家待一阵儿，再去谋个家庭教师的差使——这几乎是有知识的贫家女孩儿唯一的出路。可一到爱米丽亚家，她马上对女伴儿的哥哥乔瑟夫动起了心思：如果能嫁给这位阔少爷，这辈子还用为吃穿发愁吗？

然而乔瑟夫天生是个"窝囊废"，好吃懒做，爱虚荣又怕羞。他被蓓基迷住了。准备求婚的那天晚上，他喝了一大碗五味酒壮胆，结果耍起酒疯来。第二天没脸见人，便悄悄溜走，去了海外。蓓基眼看要到手的好前程，就这么"一天云消雾散"。没法子，她只好告别女友，到克劳莱爵士府上当了一名家庭教师。

老爵士是个小气鬼，外号"老剥皮"。他有个异母姐姐，是个老处女，手里有几个钱儿。老爵士见钱眼开，处处巴结她。

蓓基看准府中形势，使出浑身解数讨老小姐欢心。老小姐最疼爱爵士的二儿子罗登，蓓基当然也不能放过他啦。罗登是个骑兵军官，跑马打拳、赌博好斗，样样是好手。蓓基有的是聪明和机灵，不久，她就把老小姐和罗登哄得团团转啦。

《名利场》插图一

两个姑娘，道路不同

其实老爵士正打蓓基的主意呢，只是他还有个病太太。等病太太一归天，他就忙不迭地跑去求婚。可蓓基掉了几滴眼泪说：我已经跟罗登私下结婚啦。老爵士登时气得破口大骂，老小姐也当场晕了过去。

蓓基跟罗登租了公寓，过起小日子来。蓓基会甜言蜜语地哄骗人，罗登有一手赌博赢钱的"绝活儿"，两人倒是挺般配的一对儿。

后来两人有了儿子，蓓基却不愿尽当娘的责任。她把孩子交给乡下奶妈带着，只顾自己享乐——这都是后话。

再说爱米丽亚，这时却遭遇了不幸。她爹突然破了产，她的未婚夫乔治一家本来受过她家大恩，此刻"准"公公不但知恩不报，还落井下石，逼着儿子乔治跟她一刀两断。

乔治是个军官，他有个好朋友都宾上尉，是个厚道人。他同情这一对恋人，就给他们出主意，让他们私奔。

不久发生了战争，乔治、都宾都上了前线。滑铁卢一战，乔治死在战场上。都宾把爱米丽亚送回娘家，又自己拿出一笔钱给了爱米丽亚，只说是乔治留下的。爱米丽亚伤心得几乎发了狂。幸而她已经怀了孕，生下个儿子来。她把爱丈夫的心，全都放在了儿子身上。

蓓基呢，战后跟罗登一块儿去了巴黎，在那儿享乐了一阵子，又回到英国。蓓基是个交际天才，她家的客厅，很快成了英国上流社会的夜总会。有位秃了顶的斯丹恩勋爵被蓓基迷住了，又是甩票子，又是买首饰；还跟蓓基商量，要把罗登送进牢房，省得碍眼。

事情闹到后来，罗登一气之下去了海外；斯丹恩勋爵觉得自己受了蓓基耍弄，也跟她一刀两断。蓓基的算盘虽精，最后却落得人财两空、名利双失，只好灰溜溜地离开了伦敦。

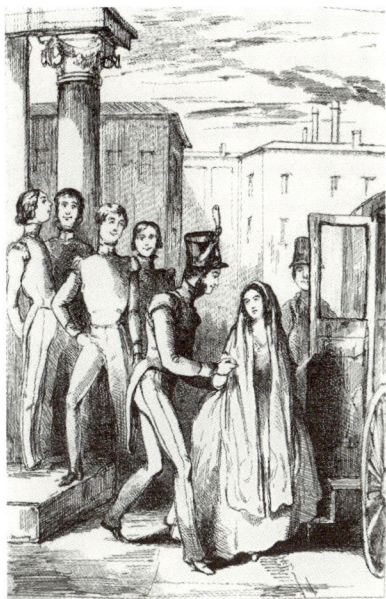

《名利场》插图二

好女赚同情，"坏女"很生动

爱米丽亚的运气却有了转机。他哥哥乔瑟夫从海外退休回来，把妹妹接到家里。爱米丽亚还从公公那儿继承了一笔遗产。如今她出门儿，又有马车坐啦。

这一回，她跟哥哥以及都宾上尉一起出国旅行，在一处赌场遇上了穷困潦倒的蓓基。好心的爱米丽亚想把蓓基接来同住，都宾却极力反对。

都宾早就爱着爱米丽亚呢，可爱米丽亚心里却仍被死去的乔治占据着。蓓基冷眼旁观，倒对都宾产生几分同情。于是她拿出一张纸条给爱米丽亚看，那是乔治婚后不久写给蓓基，约她私奔的。爱米丽亚这才如梦方醒：自己那么挚爱的人，原来也是个薄情的家伙！——心中的偶像打碎了，爱米丽亚终于嫁给了都宾。

乔瑟夫这会儿对蓓基旧情难忘，买了一大笔人寿保险金，指定送给蓓基。不久，乔瑟夫死了，蓓基又有了钱。她常年住在温泉和避暑地，热心慈善事业。她儿子跟着伯伯一起住，不认她这个妈；丈夫罗登也没回来，他死在了海外……

萨克雷出身资产阶级家庭，熟悉资产阶级的生活；他笔下的人物，自然也不同于狄更斯小说里的苦儿贫女。——不过从讽刺社会现实这一面来看，两人的作品又是一致的。

《名利场》讽刺了一群贵族和资产者们。他们的活动，是由两位女子的经历串起来的。爱米丽亚显然是正面形象：她心眼好、感情真，可受了一辈子骗，最后才醒悟。人们只觉得她可怜，并不觉得她多么可爱。

蓓基就不同了。从道德上讲，她自私、虚荣，为了名和利，不惜损人利己；可她同时又是个聪明、机灵、独打天下的女冒险家。你尽可以讨厌她，却不能不佩服她的胆识和能力。她本身就是那个虚伪与腐败的社会的产物。

萨克雷特别擅长细节描写，笔下人物的性格更为复杂。狄更斯喜欢把自己的爱憎倾注到小说人物身上，跟他们一块儿哭、一块儿笑；萨克雷却是冷静地、不带感情地去刻画他们。——萨克雷的小说手法，对后来的英国作家影响很大。

跟萨克雷同时代有个女作家夏洛蒂·勃朗特，就十分崇拜他。她写了一部长篇小说《简·爱》，第二版的题词就是"献给萨克雷"。

五六、勃朗特姐妹（附盖斯凯尔夫人，19世纪，英国）

《简·爱》：一个孤女的爱情传奇

夏洛蒂·勃朗特（1816—1855）是个牧师的女儿，出生在爱尔兰的一个乡村小镇。她曾跟两个姐姐在一所寄宿学校读书，由于学校里生活太苦，两个姐姐都死在那儿。夏洛蒂十九岁从这所学校毕业，先是留校当教员，后来又去给人家当家庭教师。——日后她写小说《简·爱》，女主人公的经历大致就是这个样子。

简·爱同样是个穷牧师的女儿，老早就父母双亡，被舅舅领去抚养。舅舅死后，舅妈对她很不好。有一回小表哥欺负她，她只反抗了一下，就被舅妈不容分说关进一间黑屋子里。简·爱吓得大病一场，差点儿死掉。

后来她被送到一所寄宿学校，其实就是座孤儿院。孩子们身心受着摧

《简·爱》中译本

残，伙食又是最差的。一场伤寒病，就死了不少孤儿。

简·爱由于性格倔强，没少受惩罚。好不容易熬到毕业，她留校教了两年书，终于找了个家庭教师的职位，离开了这个鬼地方。

她教书的这家是个贵族，主人罗切斯特态度傲慢、喜怒无常。他对简·爱总是忽冷忽热的，不过对她的工作倒很满意。简·爱只教一个女孩儿，据说那是罗先生朋友的女儿。

慢慢地，简·爱喜欢上了这位罗先生，觉得他身上有着一股男子汉的刚强气质。——其实罗先生也喜欢简·爱，不过这让简·爱很痛苦：罗先生周围并不缺少出身高贵的追求者，她一个身份卑微的穷教师，又往哪儿摆？

日子一长，简·爱发现，这府中似乎隐藏着什么秘密。夜静更深，楼里会突然传出一阵瘆人的怪笑。有一回，罗先生的卧室无缘无故着起火来，不是简·爱发现及时，罗先生就没命啦！

真正的爱情是任什么也阻挡不了的。罗先生与简·爱决心冲破世俗成见，结为夫妻。在教堂里，婚礼刚举行一半，突然来了位不速之客；他说罗先生早已结过婚，他自己就是罗先生的妻弟！

罗先生激动起来，他带领众人来到罗府楼上的一间密室，那里关着个可怕的疯女人——这就是他的妻子！简·爱这才明白，半夜的怪笑、卧室里的火光，以及府中的种种怪事，原来全跟这个疯女人有关！

简·爱痛苦极了。她爱罗切斯特，可她不能嫁给一个有妇之夫啊。

第二天天没亮，简·爱便提着简单的行李离开了罗府。她毫无目标地走啊，走啊，流落到一个小镇上，被好心的圣·约翰兄妹收留了。说来真巧，圣·约翰兄妹竟是简·爱的表兄妹！而简·爱这时也意外得到了叔叔留给她的大笔遗产。

爱的前提是尊严

表哥圣·约翰是个牧师，他喜欢简·爱，并向她求婚。可简·爱的心里还惦着罗先生呢。

到了夜间，她似乎听见有个绝望的声音在极远处呼唤着她。她听出来了，那是罗先生！简·爱再也不能等待了，第二天就动身去找罗先生。可到了那儿，她却被惊呆了：好端端一座府第，如今却成了一片瓦砾场！

邻居告诉她，在一个风雨交加的夜晚，疯女人放火烧了罗府。罗先生冲到火海里去救疯女人，人没救出来，自己却受了伤。如今他双目失明，住在附近乡下。简·爱听了，马上去找他。两人又相遇了，这中间发生了多么大的变化

《简·爱》插图

呀。一对恋人紧紧握着手，泪水从罗先生的眼窝里淌了下来……

简·爱长得并不好看，身材瘦小，脸色苍白。可她身上自有一种魅力。她在追求爱情时，不忘记保持一个平民姑娘的尊严。当初隔在她跟罗先生之间的障碍，不单是一个疯女人，还有地位和财产的巨大差距。终于，这一切都不存在了，他们才真的走到一块儿……

简·爱跟萨克雷笔下的蓓基，是对照鲜明的一对儿。不过她们也有共同之处：两人都是单枪匹马打天下的贫家女孩儿，都有着要强的个性。——夏洛蒂十分崇拜萨克雷，不知她写《简·爱》时，是否也受了萨克雷笔下人物的影响？

《呼啸山庄》，播种情仇

夏洛蒂还有两个妹妹，也都是文学家。大妹妹艾米丽·勃朗特（1818—1848）生性要强，像个男孩儿。有一回她被疯狗咬了，回到家，自己拿起烧红的烙铁烧烫伤口止血消毒！这事儿还被夏洛蒂写进她的另一部小说《雪莉》中。

艾米丽最著名的长篇小说是《呼啸山庄》，故事发生的地点，是爱尔兰约克郡的大荒原上——那正是勃朗特姐妹的家乡。一到冬天，荒原上狂风呼啸。看看户外那些极度倾斜的低矮的枞树，以及朝着一个方向伸展着枝条的荆棘，你就能感受到北风的威力了。而书中这座用石头盖砌、窗子狭小的山庄，便被称作"呼啸山庄"。

山庄主人老恩萧有一儿一女：辛德雷和凯瑟琳。此外他家还有个皮肤黝黑的男孩儿叫希斯克利夫，那是老恩萧从利物浦大街上"捡"回来的，这会儿也当儿子养着。

孤儿跟凯瑟琳可谓青梅竹马，仿佛有着天生的缘分。稍大一点儿，两人更是难舍难离。——可少爷辛德雷却讨厌这个拾来的"野种"；老恩萧一下世，他就摆出老爷的架子，对希斯克利夫呼来喝

《呼啸山庄》插图一

去，把他当奴仆看待，还禁止他跟凯瑟琳来往。

附近田庄有个林惇少爷也看上了凯瑟琳，一个劲儿追求她。姑娘寻思：嫁给林惇也好；有了钱，还怕不能帮孤儿一把吗？——这消息让希斯克利夫知道了，他招呼也不打，便离家出走，不知去向。凯瑟琳万分伤心，大病了一场，就此嫁给了林惇。

"一本可怕的……充满激情的书"

不想几年以后，希斯克利夫突然回来了。他衣帽光鲜，神态庄重，俨然成了一位绅士。他口袋里装满金币，心中却藏着刻骨的仇恨。他是回来报仇的！

论能力，希斯克利夫比辛德雷强多啦。他跟辛德雷较量，就跟大人耍小孩儿似的。他先是逼辛少爷自暴自弃，又是酗酒又是赌博，把家产输光荡尽，最终死在决斗中。

希斯克利夫却反客为主，赢得了山庄的产业，还把辛少爷的儿子哈里顿贬为奴仆，处境比他当年还惨！

希斯克利夫表面上仪表堂堂、举止从容，内心却暗藏着一股野性。他依然疯狂地爱着凯瑟琳，因此他不能原谅夺走她的林惇。

他先是引诱林惇的妹妹跟他私奔；等结了婚，又百般折磨她，来发泄自己心中的怨恨。妻子受不了虐待，带着身孕逃出了山庄，在外面生下个儿子来。后来这孩子被舅舅林惇抚养。

凯瑟琳呢，她受不了情人归来的刺激，在为林惇生下个女儿之后，就一病身亡。希斯克利夫已经成了复仇狂，连孩子也不肯放过。他把自己的儿子从林惇那儿弄回来，不断地折磨他、虐待他。——谁让他是林惇的外甥呢！

后来他又想法把林惇的女儿骗来，逼她跟儿子成亲。等林惇一死，这两个古老家族的产业，就全归希斯克利夫啦。

仇也报了，仇人也死光了，希斯克利夫的内心反而觉得空荡荡的。他的儿

《呼啸山庄》插图二

子不久也死了。他发现，儿媳跟辛少爷的儿子、那个当奴仆的哈里顿好上了。这多像当年凯瑟琳跟他自己啊。

往事如潮，涌上心头，他不觉精神恍惚。凯瑟琳的幽灵不断在他眼前闪现，仿佛是在召唤他呢。他陷入无边的悔恨中，连连呼唤着凯瑟琳的名字，就这么离开了人世。

小说从始至终笼罩着一重神秘、恐怖的气氛，疯狂、病态的人物心理跟严酷的自然环境相互呼应，给人留下强烈的印象。难怪有个英国作家称它是"一本可怕的、令人痛苦的、强有力的、充满激情的书"。

希斯克利夫的报复是够刻毒、够彻底的。可仇恨的破坏力，最终抵不过爱的原生力量。小说结尾写小凯瑟琳与哈里顿相爱，似乎就暗示了这一点。

早谢的天才艾米丽

《呼啸山庄》才出版一年，艾米丽就死于结核病，那一年她只有三十岁。她一生只写了这一部书，但没人否认这是一部杰作。

艾米丽活着时，远没有姐姐出名。她生性孤僻，深居简出，没有朋友。书出版三年后，姐姐夏洛蒂给她的书写了序言，在序言中，她分析说：妹妹对周围所有人都抱有好感，却从不试图跟他们交往。然而她了解他们的习惯、语言、家世，也喜欢听他们谈话。

不过她对人们的了解只限于悲惨可怖的一面。加上她的想象

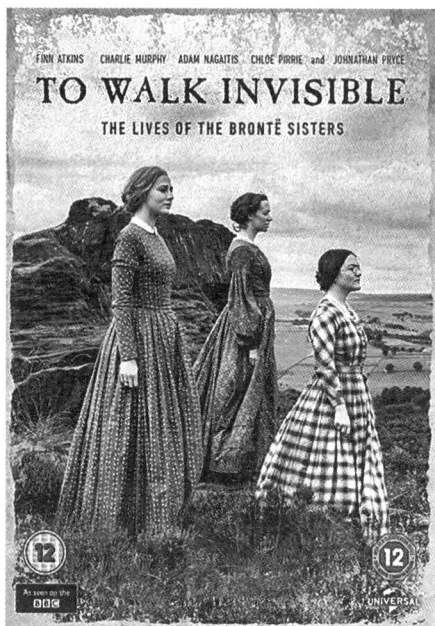

勃朗特三姐妹的传记被搬上银幕

力偏于阴郁而不开朗、雄强而不轻松，于是她笔下便出现了希斯克利夫那样的褊狭人物……假如她未死，她的心灵会长大的，像一棵树那样更高更大，树荫更广，果实也更成熟甘甜。——这分析是深刻而准确的。

对了，夏洛蒂的另一个妹妹叫安妮·勃朗特（1820—1849），天赋可能不如两个姐姐。不过她的自传体小说《艾格尼斯·格雷》及另一部长篇小说《威尔德菲尔庄园的房客》仍然引起关注，有人认为她的作品风格接近奥斯汀。——一家子出了三位文学家，还都是女性，这不但在英国，就是在世界上也很少见呢。

对这三位才女感兴趣的朋友，还可以读读《夏洛蒂·勃朗特传》，作者正是女作家盖斯凯尔夫人。

《玛丽·巴顿》：谁是凶手

与勃朗特三姐妹同时，英国还有一位十分活跃的女作家盖斯凯尔夫人。有一部长篇小说《玛丽·巴顿》，反映英国工人的生活和斗争，便是盖斯凯尔夫人（1810—1865）的作品。这位女作家也是位牧师的女儿，后来跟一位年轻的牧师结婚。由于传教的缘故，常年随丈夫住在英国大工业城市曼彻斯特。这让她对工人的生活格外熟悉。

小说写的是 1839 年前后的事，那正是英国经济大萧条的年代。有一家纺织厂着了大火，老板卡尔

盖斯凯尔夫人

逊倒不着急，因为他可以得到一大笔保险金。工人们可惨了，本来就吃不饱，这回干脆断了炊。

工人们找老板谈判，可老板父子不但不答应工人的要求，还出言不逊。工人们火了，他们召开秘密会议，决定用抽签的方式选定一个人，去处死老板的儿子小卡尔逊。不过这一切都是秘密进行的，除了抽到签儿的人，谁也不知道刺客是谁。

约翰是位老工人，他喜欢读书，又善于思考。长年的贫困和压抑使他的心变硬了，他成了工人运动中的积极分子。老约翰的女儿玛丽·巴顿是个漂亮而有个性的姑娘，认定自己凭着美貌能出人头地。她发誓，将来成了阔太太，一定要加倍报答自己的亲人和朋友。

技工杰姆深深爱着玛丽。可玛丽自从存了当阔太太的念

头，便不再理睬杰姆，反而跟老板的儿子小卡尔逊混到一块儿去。——其实小卡尔逊哪里有什么真心，他只想拿这工人家的姑娘找乐子罢了。

杰姆听说小卡尔逊把姑娘耍了，气得要命。他虽然不愿再见玛丽，却憋着一股气，非要替姑娘报仇不可！——就在这当口，小卡尔逊在回家的路上让人开枪打死了！警察第一个想到的就是杰姆。就这么着，杰姆下了大狱。

玛丽得到消息，心都碎了。她知道，这一切都是为了她的缘故。她决心搭救杰姆，哪怕能替他减轻点儿罪名也好。可是等她找到杀人犯的确凿证据时，她不禁惊呆了——原来杀死小卡尔逊的不是别人，正是自己的爹爹老约翰！

老约翰杀人后，神思恍惚，失魂落魄。他在外边躲了几天，终于回了家。他把老板也请到自己这昏黑破旧的小屋里，痛苦地向他承认了自己所干的事。他恳求得到老卡尔逊的宽恕。

而老卡尔逊呢，面对这垂死的老人，也想起自己苦难的童年和坎坷的人生，产生出怜悯之心，终于原谅了他。老约翰眼里闪着感激的泪光，他心力交瘁，人已经不行了。天亮时分，老约翰死在了老卡尔逊的臂弯里。

玛丽则勇敢地到法庭上替杰姆作证。后来杰姆被宣判无罪释放，两人双双去了加拿大。

这部小说出版后，激怒了那些"有身份的人"。他们认为小说把工厂主写得太坏啦。——其实小说不真实的地方多半倒是结尾：从不体恤工人又刚刚死了儿子的老卡尔逊，真的那么容易受感化吗？有人说，这只是盖斯凯尔夫人宗教式的理想罢了。

盖斯凯尔夫人的另两部小说《南与北》和《露丝》，也都是写工人生活的。她长期生活在工人当中，对工人的悲惨生活了解得最真切。狄更斯十分欣赏她的小说，因为狄更斯本人，也是在那悲惨环境里长大的。

五七、冈察洛夫、赫尔岑、莱蒙托夫、舍甫琴科（19 世纪，俄国）

冈察洛夫的《奥勃洛摩夫》

19 世纪上半叶，大致跟果戈理同时，有几位俄国作家及他们的作品不能不提。

冈察洛夫（1812—1891）的小说《奥勃洛摩夫》，写的是个三十岁出头的贵族地主，心眼儿很好，受过良好的教育，心里总在盘算着改造社会的大计划。可他生性慵懒，整天躺在沙发上打发日子。

他有个五十岁的老仆人，和他一样懒惰。主仆二人就这么悠闲度日，全不管墙上挂满蛛网、镜子蒙着灰尘，桌上摊开的书也早已纸张发黄。

奥勃洛摩夫有个精力充沛的朋友，为了帮他克服懒惰的毛病，常常拉着他参加各种社交活动。可奥勃洛摩夫只感到疲惫，不久就又缩回自己的安乐窝。

甚至爱情也不能让他振作起来。朋友给他介绍了一个活泼美

《奥勃洛摩夫》插图

丽的姑娘奥尔迦，奥勃洛摩夫为此也兴奋了一阵子。眼看快要举行婚礼，奥勃洛摩夫一想到还要找房子、上法院、料理一大堆杂务，便又打了退堂鼓。闹得姑娘大病了一场，后来嫁了别人。奥勃洛摩夫又恢复了往日的生活——终于因为缺乏运动而中了风，年纪不大就死掉了。

小说一发表，立刻引起了轰动。大家拿奥勃洛摩夫一对照，发现自个儿身上也都有奥勃洛摩夫式的惰性。于是"奥勃洛摩夫性格"成了时髦的字眼儿。还有人写文章来探讨"奥勃洛摩夫主义"。奥勃洛摩夫的生活代表了旧贵族的穷途末路，他成了"多余人"中最典型、最没用的一个。——"多余人"是俄国文学中的典型形象之一，回头说到屠格涅夫时，还要提到。

冈察洛夫出生在辛比尔斯克一个商人家庭，在莫斯科大学读过语文系。他的小说除了这一部，还有《平凡的故事》和《悬崖》。

19世纪50年代初，他随一艘俄国战舰做环球航行，还到过咱们中国呢。——那时正赶上太平天国革命；后来他在《战舰巴拉达号》游记里，就记述了这些见闻。这也算冈察洛夫跟咱们中国的一点儿因缘吧。

赫尔岑思考"谁之罪"

另一位俄国文学家兼哲学家赫尔岑（1812—1870），出身于莫斯科一个大贵族之家，家族长辈不是军官就是大臣。可赫尔岑从小受"十二月党人"的影响，发誓要为被处死的革命者报仇。他在大学读书时，曾组织政治小团体，并因此遭受迫害，被流放八年。以后举家去了国外。

赫尔岑

赫尔岑写过几部小说，如《偷东西的喜鹊》《克鲁波夫医生》。前者是一篇农奴女艺人的惨史，后者则讽刺了社会的"普遍的疯狂"。

此外还有一部《谁之罪》最为著名。书中的贵族青年别里托夫从小受理想主义教育，心中充满仁爱。他的庄园有三千名农奴，他对他们很和善，甚至见了面还主动脱帽打招呼。别的地主看不惯他这副做派，背地里总是指指点点的。

别里托夫虽然富有，但并不幸福。他的善良与坦诚，让他到处碰钉子。对于无所事事的贵族生活，他厌烦透了。不久他结识了一家人，男的是个教师，娶了一位将军的私生女柳波尼卡。

将军正巴不得把这女仆生的姑娘打发走呢，却连一个子儿的陪嫁也没给。

教师原也不是为了钱。他们在一座小城里住下，男的找了份教书的差事。不久两人又有了孩子，一家人幸福又和睦。——如今别里托夫认识了这一对高尚的人，真有点儿相见恨晚，从此成了他们家的常客。

不过教师很快就听到流言，说别里托夫爱上了柳波尼卡。他还亲眼看见，只要别里托夫一跨进门，妻子的眼睛就发亮。他痛苦极了。柳波尼卡也受不了内心矛盾的煎熬，病倒在床上。

别里托夫呢，他也觉察出有些不对头来，于是离开了小城。然而一切都晚了，柳波尼卡不久就病死了，教师唯有整日以泪洗面……

这是一出悲剧，可谁是造成这悲剧的罪人呢？要知道，这三位可全都是好人啊。也许，在这悲剧的后面，还有着更深刻的社会的、心理的原因吧？

赫尔岑有一部《往事与随想》，是他流亡国外时写的回忆录。里面有日记、书信，还有散文、随笔及各种杂感，是一部包罗万象的大书。不但书中的思想受人推重，单说这种文体，也是赫尔岑的独创呢。

跟赫尔岑同时的，还有一位比他年轻的进步诗人涅克拉索夫（1821—1878）。他创作过大量诗歌，如《诗人与公民》《摇篮歌》《被遗忘的乡村》《大门前的沉思》《严寒，通红的鼻子》等，都很有名。有一部诗歌巨著《谁在俄罗斯能过好日子》，讽刺了沙俄政府所谓的农奴制改革，堪称他的诗歌代表作。

涅克拉索夫后来当上《现代人》杂志的主编。跟他一块主持编务的还有别林斯基（1811—1848），车尔尼雪夫斯基（1828—1889）和杜勃罗留波夫（1836—1861）。这三位都是有名的文学批评家。中国学者常把他们合称为"别车杜"。

因为编杂志，涅克拉索夫结识了不少文学家朋友。其中陀思妥耶夫斯基、托尔斯泰这两位大师的文学才华，便都是涅克拉索夫发现的呢。——他可称得上 19 世纪俄罗斯文坛上的"伯乐"了。

莱蒙托夫与《当代英雄》

诗人莱蒙托夫也生于 19 世纪初。他的成名之作《诗人之死》，是为悼念普希金而写的。——普希金去世的那天傍晚，在彼得堡街头，有人在人群中高声朗诵一首署名莱蒙托夫的诗歌：

> 诗人死了——光荣的俘虏！
> 倒下了，为流言蜚语所中伤。
> 低垂下他那高傲不屈的头颅，
> 胸中带着铅弹和复仇的渴望……

人们被这首诗感动了，纷纷打听：谁是莱蒙托夫？

原来，莱蒙托夫（1814—1841）是个二十岁出头的禁卫军军官。他出生在莫斯科一个退役军官家庭，在贵族学校读书时就开始迷恋写诗，后来升入莫斯科大学，又转入士官学校，但始终未放下手中的诗笔。

如今，他所崇拜的大诗人普希金死于上流社会设置的圈套，又怎能让他默不作声？

由于在诗中指责沙皇和权贵，莱蒙托夫两次遭到流放，受尽官府迫害；但他的笔反倒更勤奋了，像诗歌《咏怀》《诗人》《一月一日》《童僧》《恶魔》《波罗金诺》等，都是在这时写成的。这最后一首，还受到大作家托尔斯泰的推崇呢。

莱蒙托夫也写小说，他的中篇小说《当代英雄》就是挺有名的一部。书中这位"当代英雄"叫皮却林，是个年轻的贵族军官。他精力充沛，才智过人。因为厌倦了上流社会的生活，来到高加索的一座要塞。

他常到当地土司家去串门儿，看上了土司的二女儿贝拉。为了跟阔商人卡比基争夺贝拉，皮却林不惜要花招、使诡计，终于把姑娘抢到手；土司却被恼羞成怒的卡比基杀死了。

《当代英雄》插图

然而新鲜劲儿一过，皮却林便把姑娘撇在一边，自己整天到林子里去打猎。一次姑娘独自去散步，被卡比基劫了去。等皮却林把她抢回来，姑娘已身受重伤，不久就死了。皮却林自己也大病一场，病愈后离开了这伤心地。

后来皮却林到一处温

泉去散心，遇上老朋友葛鲁式尼茨基，这位正热恋着公爵的女儿玛丽呢。皮却林一旁看了，不免又鄙视又忌妒；后来竟发展到存心捣乱，故意向玛丽大献殷勤！

老朋友气得要命，一来二去，两人展开决斗，而朋友竟死在他的枪下。皮却林备受指责、众叛亲离，独自去了波斯，最终死在那儿。

这位皮却林，是不是有点儿像普希金笔下的奥涅金？论才能，他是人中的尖子，总在考虑"人为什么而活着"的大问题。可在那个社会里，他找不到发挥才能的地方，只好在无聊琐事上浪费着精力和青春，变得越发忧郁、冷漠，最终孤独地死去。

人们公认莱蒙托夫是普希金的继承人。说来也巧，连他的死也跟普希金相仿——他是在高加索跟人决斗而死的，那年他只有二十七岁。

农奴诗人舍甫琴科

跟莱蒙托夫同一年出生的诗人，还有舍甫琴科（1814—1861）。不同的是，莱蒙托夫出身贵族，舍甫琴科却出身农奴！

1814年，舍甫琴科出生在乌克兰基辅的一个农奴家庭，他十四岁便被送到地主家当小厮，之后又随主人去了圣彼得堡。主人无意中发现他有绘画天赋，便送他到一位画家那里学习绘画。以后他的画在帝国艺术学院考试中不止一次获奖，他也在朋友的帮助下赎身成了自由人，并进入彼得堡艺术学院深造。

舍甫琴科很快发现，诗歌比绘画更能表现人的思想和情感，

舍甫琴科

于是他一面学画，一面开始作诗。他的第一部诗集题为《卡巴扎歌手》——卡巴扎本是一种弹拨乐器，古代乌克兰民间诗人常弹着它四处游吟。

舍甫琴科"弹奏"的歌曲，确实深受民众欢迎，但沙皇政府听了挺刺耳。譬如他的那首长诗《卡泰林娜》，描写一个女性的痛苦和死亡，欺凌她的则是虚伪的沙俄军官！在另一首抒情长诗《海达马克》中，诗人歌颂了历史上乌克兰人反抗波兰贵族的斗争，他的诗歌中，有着浓郁的乌克兰民族色彩。

由于秘密参加地下社团，宣传民族思想，三十一岁那年，舍甫琴科被充军流放到中亚，十年后才回彼得堡，不过他的文学创作从未停止，这一时期有诗集《三年》及自传体小说《音乐家》《艺术家》等作品不断问世，他还写过剧本。

流放期间，沙皇明令禁止他写诗画画。可诗思这东西，又有谁能挡得住呢？舍甫琴科秘密将诗句写在一个小本子上，平时就掖在靴筒里。这就是有名的"靴筒诗抄"，总共有一百多首。

长期流放生活令他疾病缠身，1861年他在彼得堡去世时，刚过完四十七岁生日！他的遗体被朋友辗转运回故乡，安葬于故乡的僧侣山，面朝第聂伯河——那是基辅罗斯文化的母亲河。

就在舍甫琴科去世后的第七天，俄国政府颁布了废除农奴制的法令。——诗人没能看到这一天，但这一天早在他的预言中！诗人有一首诗《遗嘱》，在他三十岁之前就写好了：

> 当我死了的时候，
> 把我在坟墓里深深地埋葬，
> 在那辽阔的草原中间，
> 在我亲爱的乌克兰故乡，
> 好让我看见一望无边的田野，
> 滚滚的第聂伯河，还有峭壁和悬崖；
> 好让我听见奔腾的河水
> 日日夜夜在喧吼流淌。
> …………
> 把我埋葬以后，大家要一致奋起，
> 把奴役的锁链粉碎得精光
> 并用敌人的污血
> 来浇灌自由的花朵。
> 在伟大的新家庭里，
> 在自由的新家庭里，
> 愿大家不要把我遗忘，
> 常用亲切温暖的话语将我回想。

朋友们不远千里把诗人的灵柩运回乌克兰安葬，便是遵从他的这份遗嘱。——而这位俄国历史上第一位又是最后一位农奴诗人，也被誉为乌克兰现代文学的奠基人，被尊为乌克兰的民族英雄！

五八、屠格涅夫与《猎人笔记》(附亚·奥斯特洛夫斯基，19世纪，俄国）

贵族子弟，偏爱农奴

屠格涅夫（1818—1883）是俄国名气最大的作家之一，跟其他作家一样，他也是普希金的"粉丝"。他见过普希金两面，但始终没机会交谈。他也很钦佩果戈理。果戈理逝世后，他不顾官方的禁令，写文章纪念这位大作家，还因此坐了牢。

屠格涅夫出生在奥廖尔省一个贵族之家。他家有座很气派的大庄园，那里奴仆成群、车马豪华。他父亲是个退役军官，

屠格涅夫

生性温和，百事不问。庄园里的大小事务，全由母亲一个人说了算。母亲是个受过良好教育的女人，可性情暴躁、喜怒无常，对农奴毫无怜悯之心。——屠格涅夫从小就对母亲的行为很不满，暗暗发誓：决不跟农奴制妥协！

为了让屠格涅夫接受最好的教育，在他九岁那年，一家人搬到了莫斯科。屠格涅夫先是在私立学校读书，后来又进了莫斯科大学和彼得堡大学，还曾到德国去留学。

屠格涅夫从上大学时开始文学创作。二十五岁那年，他发表了长诗《巴拉莎》，受到著名评论家别林斯基的好评。

有一段时间，屠格涅夫跟母亲搞得挺僵，母子俩还断绝了经济来往。母亲去世后，屠格涅夫继承了大笔遗产，生活才富裕起来，有了安心写作的条件。

从 1847 年起，他不断在进步刊物《现代人》上发表短篇小说。这些作品差不多全是一个主题：地主的可恨与农奴的可亲——这可是他从小就在心中酝酿的题目。这些小说以后结集出版，总名儿就叫《猎人笔记》，一共有二十五个短篇。

向农奴制宣战的《猎人笔记》

在这些短篇小说里，作者"我"是以猎人的身份出现的。他背着猎枪在俄罗斯大地上东游西走，一个个人物故事便以猎人见闻的形式，展现在读者面前。

其中有一篇题为《总管》，揭露地主最为深刻。"总管"名叫索夫龙，替地主老爷管理着一座村庄。表面上看，他可真是

《猎人笔记》插图

个人才，村里一切都整治得井井有条，全村没一个欠租不交的。然而农民们背地里都叫他"恶狗"——他把全村人折磨苦啦。有个农民跟他争辩几句，他就把这个农民的三个儿子一个个拉去当兵！

地主宾诺奇金是这条"恶狗"的主人。他可是个文明人儿，住在法国式的房子里，仆役们全都穿着英国式的制服。

他说话从不高声大气，若是仆人犯了错误，譬如酒没烫热，他就摇一摇铃，唤进一个黑大汉，平心静气地吩咐："照老规矩办吧。"而那斟酒的仆人呢，早已吓得脸色发白啦！——这么一看，总管索夫龙的那张凶脸，不过是宾诺奇金的另一副面孔罢了。

《猎人笔记》里写到的农民，却是纯朴而聪明的。像《霍尔与卡里内奇》，写了两个性格志趣各不相同的农民。一个有理性、有远见，一个为人热情、多才多艺。作者把农民写成了跟自己完全平等的"人"，而不是以前文学作品里愚昧而麻木的另类。

还有那篇《活尸首》，写一个晴朗的早晨，猎人在母亲的庄园里散步，忽然在一间小棚屋里发现一个骨瘦如柴的女人躺在台子上。他万万没想到，这就是当年那个能歌善舞的漂亮女农奴露克丽亚。她受一种无名病症的折磨，已在床上躺了七八年了。

露克丽亚依旧那么善良。她自己病成这个样子，可想到的还是别人。她向猎人说："我一切都满足……可是老爷，您最好劝劝您的老太太，请她略微减轻一点儿农人的租税也好，他们太穷啦……"这是一颗多么高尚的心灵！

露克丽亚是个真实人物。屠格涅夫少年时还偷偷爱慕过她呢。后来屠格涅夫的母亲要卖掉她，屠格涅夫便把她藏了起来，总算没让人把她带走。然而她到底没能摆脱悲惨的命运！

《猎人笔记》发表后，统治者大为恼怒。有个大臣给沙皇上书说：《猎人笔记》是在侮辱地主呢！这样传播开来，贵族还有什么尊严？——后来屠格涅夫被捕入狱，这也是原因之一。

可广大读者却非常喜欢这些小说。有一回作者在一个小车站上遇见两名年轻人。他们问屠格涅夫：您就是《猎人笔记》的作者吧？屠格涅夫点点头。两个年轻人便深深鞠躬说：我们以俄国人民的名义感谢您！

作者自己也以《猎人笔记》而自豪。他说：但愿我的墓碑能刻上这样的话："我的这部书，促进了农奴的解放！"

《猎人笔记》中译本

《木木》：连条狗也不放过

屠格涅夫因反对农奴制，遭到沙皇政府的迫害。在囚禁中，他又写成那篇有名的短篇小说《木木》。

"木木"是一只小狗的名字，它的主人，是莫斯科女地主的奴仆盖拉辛。盖拉辛生而聋哑，却力大无穷，个头儿足有两米高，一人能干四个人的活儿！他又扫地又打水，永远把院子收拾得井井有条。可他总是表情严肃，大家对他也敬而远之。

其实盖拉辛的内心很柔软，他喜欢洗衣服的女奴塔季雅娜。他示爱的方式，就是从后面拉住她的胳膊，一面傻笑，一面叫着，把一只用金箔装饰的小公鸡姜饼塞到她手里。有一回吃饭时，女管家当众嘲笑塔季雅娜，盖拉辛发现心上人受欺负，便伸出大手压在女管家头上，吓得她赶紧低下头去。

可是盖拉辛的心很快冷下来了。因为老太太下令，硬把塔季雅娜许配给酒鬼鞋匠。不久盖拉辛捡了一条小母狗，发音模糊地给它取名"木木"。他把所有的爱都倾注到木木身上，木木跟他同吃同住，形影不离。

可有一次老太太发现了这只小狗，正要抚摸它，狗冲它一龇牙，把老太太吓了一跳。神经质的老太太吩咐把木木赶走。管家背着盖拉辛把木木偷出去卖掉，但两天后，木木脖子上带着半条绳子，自己跑了回来。

这一次，盖拉辛把木木藏在屋子里，只有半夜才带它出去透透风。可巧木木的一声轻吠，又把老太太从梦中吵醒。她大发雷霆，一定要把木木打发掉。

盖拉辛不准别人碰木木，亲自带它出去。在小吃店要了一份带肉的白菜汤，把面包撕碎泡在汤里，让木木吃个饱。然后带木木上了一条小船，用绳子拴上两块砖头，打个活扣儿系在木木脖子上，把它捧起来放到水中。直到最后，木木还是那么信任地看着主人，轻轻摇着尾巴……

第二天，院里的人发现盖拉辛不见了。——这个忠心耿耿的聋哑奴仆再也不愿待在这伤心地，一径逃回乡下去了……

农奴不但被剥夺人身自由，同时被剥夺爱的权利，甚至是对一只小狗的爱！——沙皇政府的书报检查官看出这篇小说的主旨，不准发表。直到几年后，小说才在《现代人》杂志上刊出。

辩才无碍说罗亭

屠格涅夫创作的长篇小说有六部，它们是《罗亭》《贵族之家》《前夜》《父与子》《烟》《处女地》。

《罗亭》写于1856年。主人公罗亭是位小贵族出身的中年男子，身材魁伟，一双蓝眼睛让人一见就忘不了。

一个偶然的机会，他来到莫斯科郊外一位贵妇人的庄园。在客厅里，有个叫毕加索夫的人正在滔滔不绝、大发谬论呢。

罗亭一开始只是默默地听着，后来却忍不住跟他辩论起来。毕加索夫声称要否定一切信念，罗亭便问："照您这么说，就没有信念这东西啦？""不错，压根儿就不存在！"罗亭抓住他话中的漏洞，反击说："那又怎么能说没有信念呢，您自己

《罗亭》中译本

首先就有了一个！"是啊，这"没有信念"本身不就是一个"信念"吗？毕加索夫顿时哑口无言，败下阵来。

客厅里的人们不禁为罗亭的雄辩喝起彩来。罗亭兴致更高了，风度优雅地谈起人生的意义、人类的使命。——他的知识是那么渊博，思想是那么敏锐，又极富辩才，客厅里的人全被他吸引住了。而最受感动的，是贵妇人的女儿娜达利亚。

娜达利亚是个性格内向又感情深挚的姑娘。听了罗亭的演说，她一宿没睡。第二天，她在花园里又跟罗亭相遇了。他们一边散步，一边聊天。罗亭向姑娘讲述自己天涯漂泊的经历，以及找不着知音的孤独心情。还说空谈没用，得行动起来！姑娘静静地听着，她眼里的罗亭，简直就是圣人！

有个叫伏令采夫的年轻人，看到姑娘被罗亭吸引，心里很不是滋味儿，因为他深深爱着这姑娘呢。可姑娘就像着了魔，整天跟罗亭一起读书聊天、探讨人生。有一回，话题谈到伏令采夫，罗亭问姑娘到底爱谁。姑娘说了句"我是你的"，就跑掉了。罗亭心里感到幸福极了。

言长行短"多余人"

可姑娘的母亲不同意女儿嫁给这么个落魄的中年人。姑娘听了很着急，就偷偷把罗亭约出来，向他讨主意。其实姑娘早就下了决心：只要罗亭一句话，她立刻抛弃一切，跟他出走！

谁知罗亭听了，脸色发白，头也晕起来，咕噜了半天，说出一句：那只好向你母亲屈服啦。——听了这话，本来那么坚强的姑娘止不住热泪流淌，话也哽咽了。她说："您真让我伤心，我是认错人啦！……我本来求您拿主意，可没想到您头一句话就是'屈服'，原来您就是这样来实践您的高论的呀！……现在，什么都完了，我得谢谢您给我的教训……懦夫！"

罗亭还有什么可说的呢？他离开了庄园。几年以后，有人在一个偏远小城里遇见了他。他满脸皱纹，动作迟缓，像个老人。他说自己创办过二十多桩新事业，可都失败了。他至今一事无成、怀抱空空，依旧四处漂泊……

罗亭是俄国文学里又一个"多余人"形象。他说起话来滔滔不绝，像个巨人，可行动时却变成了矮子！几年以后《罗

罗亭的漫画像：语言的巨人，行动的矮子

亭》再版，作者为小说添了个新的结尾：1848 年 6 月，在法国无产阶级革命的街垒上，有个异国人腰系红带、手拿红旗，倒在枪林弹雨中——那是罗亭的最后归宿。

屠格涅夫另一部长篇小说《贵族之家》的男主人公费嘉，出身贵族，人很正直。他有个风流放荡的妻子华尔华拉，让他伤透了心。不过天生的软弱，使他不敢去追求真正的爱情，最终虚度岁月、一事无成。——这是又一个"多余人"形象。

"新人"在《前夜》登场

那么，屠格涅夫的作品里，就没有一个有力量、有作为的人物了吗？有，那就是《前夜》中的英沙罗夫和《父与子》中的巴扎洛夫。

《前夜》的故事发生在 1853 年。贵族少女叶琳娜眼光很高、志趣不凡。此刻她正在莫斯科郊外的别墅里避暑。年轻的大学生苏宾和伯尔森涅夫陪伴着她。这两位一个小有才华、一个忠厚老实，可他俩都没让姑娘看上——她像在等着什么人似的。

不久伯尔森涅夫的同学英沙罗夫来了。他是保加利亚人，家里是富商。此时保加利亚正遭受土耳其人的蹂躏，英沙罗夫的父母全被土耳其人杀害了。他发誓要雪国耻、报家仇，这会儿正为此奔走呢。

英沙罗夫平素沉默寡言，可一谈起他的祖国，就滔滔不绝、激情燃烧！叶琳娜被他的热情深深感染了。

不久，几个年轻人随叶琳娜一家去郊游，在一处渡口，遇上一群醉醺醺的德籍军官拦住去路。伯尔森涅夫和苏宾都被吓呆了。只有瘦弱的英沙罗夫冷静地警告对方：别再往前靠！

有个亡命徒不顾警告，扑了上来。一瞬间，那家伙已被英沙罗夫举起，扑通一声扔进了水里。这一切，给叶琳娜留下深刻印象，她爱上了英沙罗夫！

英沙罗夫也爱着叶琳娜。可一想到自己还有重任在身，他就下了决心：走！姑娘听到这消息，不顾一切去找他。两人在路上相遇了，姑娘大胆向他表白了爱情！这真是激动人心的时刻，一刹那，英沙罗夫陶醉在幸福中。

可他马上清醒过来，问姑娘：你不是在欺骗自己吧？你的父母永远不会同意这桩婚事的。我呢，穷得像个乞丐，而且命里注定不能在俄国久住。你爱我，就意味着要远离祖国和亲人，跟着我去经历危险和屈辱、过苦日子……

可姑娘的回答却那么坚定：这一切我都想过了，我爱你，这就是一切！

后来他们回到莫斯科，英沙罗夫因为奔走劳碌，突然病倒了。叶琳娜去探望他，事情被她的父母知道了。父亲发脾气，母

《前夜》插图

亲掉眼泪，叶琳娜却不为所动。她镇定地告诉他们：我们两星期前就结婚了，不久就要去保加利亚！

十月间，土耳其对俄宣战，时候到了！英沙罗夫不顾大病初愈，立刻登上归程，叶琳娜也随丈夫一同离开俄国。

路经威尼斯时，英沙罗夫又病倒在旅馆里。他忍着病痛，等待前来接洽起义的爱国志士。可人没等来，他就不行了。他最终没能死在报效祖国的战场上！

叶琳娜的母亲不久接到女儿的来信，说她要接着走丈夫没有走完的路。又说除了英沙罗夫的祖国，她没有别的祖国："我不知将来会怎样，可是，我……要忠于他的遗志、他的事业……"

五年过去了，叶琳娜音信全无。这个美丽的姑娘就这样永远地消失了。

小说里的男女主人公是那么高尚热情、坚毅果敢。英沙罗夫家仇在身，却把为国雪耻摆在前头。他爱叶琳娜，可想到解放祖国的大业，就宁可舍弃个人幸福。虽然没死在战场上，可谁能说他不是英雄呢！——这个平民知识分子不再是"多余人"，他是俄国文学里的"新人"形象。

叶琳娜同样是"新人"。为了追求真理和正义，她百折不回，勇敢献身，一点儿也不像一般爱情文学作品里的娇弱女性。她的爱情，是同伟大的民族解放事业联结起来的，因而有着悲壮、动人的色调。

屠格涅夫是塑造女性形象的能手。除了叶琳娜，《罗亭》里的娜达利亚，《贵族之家》里的丽莎，都有着动人的气质。她们善良、坚强，又不失温柔妩媚，称得上是俄罗斯女性的典范。

《父与子》：虚无主义呱呱落地

屠格涅夫小说里另一个"新人"形象巴扎洛夫，也是个平民知识分子。这位《父与子》中的男主角，是个军医的儿子，医科大学的学生。他长得高高大大，总带着点儿野性和泥土气。他到好朋友的庄园上来做客，仆人们都不把他当少爷看待。

他的这个朋友叫阿尔卡狄，是个贵族子弟。阿尔卡狄佩服巴扎洛夫，把他当导师看待。这两位年轻人，属于"儿子"这一代。而"父与子"中的父辈一代，指的是阿尔卡狄的父亲尼古拉和伯父巴威尔。他们自命"开通"，可跟年轻一代已经没有共同语言啦。

巴威尔的思想尤其僵化。他看不惯巴扎洛夫，故意在聊天时贬低搞自然科学的，而自命风雅地大谈艺术。巴扎洛夫却冷冷地回答："一个好的科学家比二十个大诗人还有用呢！"

巴威尔的自尊心受不了啦，又找机会大谈贵族的尊严和权利。巴扎洛夫反问他："您尊重您自己，也只是这么抄着手坐着；您不尊重自己，不也是这么空坐着吗？这对社会又有什么用？"——这

《父与子》插图

句话，说得巴威尔脸色都变了。

后来巴威尔感到自己的贵族派头跟新的时代太不调和了，最终出国去打发余生。巴扎洛夫呢，也回到父母身边，帮着父亲在乡间行医。

一次解剖尸体时，他感染了致命的病菌，年纪轻轻地就死去了。临死时他感叹说："我还要干一番事业哪，我不要死，我可是个巨人啊！"

然而他即使活着，单枪匹马、独往独来，又能干出什么大事业来呢？作者看不到他的前途，因而不能不安排他死去。

不过巴扎洛夫确实是个前所未有的知识分子形象。他身上没有贵族那套温文尔雅；他待人冷淡，甚至有点儿粗鲁。可他相信科学，重视行动，处处显示出自信和力量来。未来属于他这一代人。

巴扎洛夫还有个著名观点：否定一切！他认为这个社会没有什么好东西，应当统统砸烂。至于新社会的建立，那是后人的事。——他的这个理论，后来在俄国成了时髦的思潮，被称作"虚无主义"。而"虚无主义"这个词儿，还是屠格涅夫发明的呢。

《父与子》发表后，各界反应不一。有人说作者把虚无主义者捧得太高，有人说他污蔑了青年一代。不过也有人说，屠格涅夫目光敏锐，发现了年轻一代身上的某些特点。——确实。《父与子》发表时，虚无主义才刚刚萌芽，可几年以后便席卷俄国、传遍世界！

是谁站在"门槛"前

《烟》和《处女地》是屠格涅夫晚年的作品。《烟》写了贵族人物里维诺夫的爱情悲剧——"人生如烟"，这就是男主角的悲观结论。

《处女地》则写一位民粹派青年涅兹达诺夫对事业的追求。——民粹派是当时一个政治派别，主张到民间去，帮助农民摆脱贫困。可他们没能真正了解农民，农民对他们的活动也只报以嘲笑。涅兹达诺夫的事业走进了死胡同，最终只有以自杀来获得解脱。

"要翻处女地，不能用木犁，得用耕得很深的铁犁！"——小说前面的题词，表明了屠格涅夫的态度。

屠格涅夫的小说，永远反映着现实生活。没落贵族的悲剧人物、平民阶层的时代英雄、虚无主义者、民粹派分子……这些带着时代特色的人物，构成19世纪中叶的俄国社会画卷。

小说里的每个人物都那么真实，因为他们总是有着真人的影子。譬如罗亭吧，他的生活原型，是激进的政治鼓动家巴枯宁；《父与子》中的巴扎洛夫呢，原型是作者在国外认识的一个年轻俄国医生。

屠格涅夫的小说不是以情节取胜，而是靠人物来带动故事。人物的魅力，又往往从爱情中显现出来。他还特别擅长描写自然风光，俄罗斯美丽的山川景色，在他笔下是那么动人。此外他的文笔洗练而优美，富于诗意，又带着深深的哲思。——屠格涅夫真不愧是俄国文学的一代巨匠！

屠格涅夫还写有不少中短篇小说，像《阿霞》《春潮》《初恋》等，也都很有名。

晚年他还写了不少散文诗。其中《门槛》一首别有深意：一个俄罗斯女郎站在一扇阴森昏暗的门前，有个重浊的声音在门内发问："你想进来吗？你可知道是什么在等着你？是寒冷、是饥饿、是憎恨、是嘲笑……是监狱、疾病……是孤独、牺牲、身死名灭……"

女郎的回答格外清脆："我知道这一切，只求放我进去！"——女郎一跨进门槛，门就关闭了。有人在她的身后笑她是傻瓜，可不知从哪儿传来这样的赞誉：她是一位圣人！

读了这诗，不由得让人联想到《前夜》中的可敬姑娘叶琳娜。其实诗人赞颂的不只是某个人，而是一代革命志士，甚至是一种民族精神！——屠格涅夫身上，不也有着这种精神吗？他勤奋写作，终生未娶，三十五岁头发就全白啦。他用他的笔抒发了自己对俄罗斯全部的爱。为了反对农奴制，他真的坐过沙皇的大牢！

屠格涅夫同情农奴的遭遇，却不主张用暴力推翻这个制度。他跟《现代人》杂志的进步朋友观点分歧，渐渐疏远，后来一直生活在国外，并定居法国。

屠格涅夫塑像

在法国，他跟福楼拜、左拉、莫泊桑等大作家交往密切，他的许多作品，都是在法国创作的。

1883 年 9 月 3 日，屠格涅夫在巴黎逝世，后来又归葬俄国。有位法国作家建议，用白色大理石为屠格涅夫竖起一座纪念碑，并在上面雕刻一段被粉碎的锁链——那显然是象征他为粉碎农奴制所建立的功绩！

亚·奥斯特洛夫斯基的《大雷雨》

说屠格涅夫，捎带对另一位俄国作家奥斯特洛夫斯基介绍两句。——俄罗斯作家中有两位奥斯特洛夫斯基，这儿说的是剧作家亚·奥斯特洛夫斯基（1823—1886）。他一生创作了五十来个剧本，是 19 世纪中叶杰出的俄国剧作家。

奥氏最出名的剧本是《大雷雨》。主人公卡捷琳娜是个美丽天真的姑娘，从小在家里过惯了自由自在的日子。可自从嫁给季洪，她的眉头就没舒展过。

季洪是个"窝囊废"，已经是结婚的人了，却对母亲百依百顺，没一点儿主心骨。他母亲是个恶婆子，对儿媳横挑鼻子竖挑眼。卡捷琳娜在她跟前连说句话的权利也没有。

以后来了个年轻人鲍里斯，卡捷琳娜爱上了他，偷偷跟他幽会。但她心里乱极了：一个

《大雷雨》插图

女人不爱自己的丈夫，却爱上别的男子，这可是有罪的啊！

有一回外出，正赶上雷雨将至。卡捷琳娜随着众人到教堂里去躲雨。忽然有个疯婆子出现了，声音凄厉地预言："雷电将劈死有罪的人！"随着雷声隆隆、电光闪闪，卡捷琳娜又看见壁画上的地狱图，她简直要吓疯了，终于在婆婆面前坦白了自己的"罪过"，结果遭到一顿毒打。

鲍里斯准备离开这座小城时，卡捷琳娜鼓足勇气去找他，要跟他一起走，然而懦弱的鲍里斯拒绝了她。

他这一拒绝，可就断了姑娘的生路。她走上高高的伏尔加河岸，高喊着："我的朋友，我的欢乐，再见吧！"一纵身跳进激流里。

人们把她的尸体捞上来，季洪扑在她身上痛哭流涕。可婆婆却冷冷地说："得啦，哭她才罪过呢。"一向温顺得像绵羊似的季洪，突然扭过头冲母亲狂喊："是你毁了她！你，你，你！"

"不自由，毋宁死！"卡捷琳娜最终以一死，向旧世界提出抗议。人们从卡捷琳娜的呼喊里，听到了世人心中的惊雷！

五九、惠特曼与《草叶集》（19世纪，美国）

大爱无疆《草叶集》

在美国，此刻有一位诗人，正在用他的全部热情歌颂这个新生国家的新生活、新气象，他就是惠特曼（1819—1892）。

惠特曼的诗与众不同。无论是谁，一读他的诗，立刻会被他那健康向上、开朗热烈的情绪所打动，不由自主想到海边、到田野去拥抱大自然，拥抱每一个男人、女人，黑人、白人……

惠特曼

惠特曼出生在纽约长岛一个农民家庭。父亲后来当了木匠，承建房屋。惠特曼只念过几年小学，十一岁时就离开学校给人家打工。靠着勤奋自学，他后来进报社当了编辑；以后又回到家乡帮父亲经营建筑业，还开过书店。

他从二十岁起开始写诗，不过他一生只出过一本诗集，就是《草叶集》。这本诗集在他生前再版八次——初版时，只有薄薄的九十多页，收入十二首诗；以后每再版一次，便增加一些诗篇。到第九版时，已成为厚厚的大部头，足足收诗三百八十多首！惠特曼也从三十六岁的年轻人，变成七十二岁的白发老翁。

每个《草叶集》的读者，都不能不被诗人那炽热的爱所打动。有一首《我歌唱带电的肉体》这样写道：

> 我歌唱带电的肉体，
> 我所喜爱的人们围绕着我，我也围绕着他们，

他们不让我离开，直到我与他们同去，响应了他们。

不让他们腐朽，并把他们满满地装上了灵魂……

在纵情歌唱人体之美时，诗人忘不了对平等的宣扬：

男子的肉体是圣洁的，女人的肉体也是圣洁的，

无论这个肉体是谁，它都是圣洁的——它是奴隶当中的最卑下的一个吗？

它是才上了码头的呆头呆脑的移民中的一个吗？

每一个人都正如有钱的人一样，正如你一样，属于此地或属于彼地，

每一个人在行列中都有着他或她的地位。

诗人所说的"行列"，是指宇宙的行列，"宇宙便是用整齐完美的步伐前进的一个行列"。惠特曼爱着每一个人，甚至是陌生人。有一首《给你》，只有短短的两行：

陌生人哟，假使你偶然走过我身边并愿意和我说话，你为什么不和我说话呢？

我又为什么不和你说话呢？

岂止是陌生人，诗人对宇宙间的一切都施以大爱，甚至不惜放弃天下灵长的人身，化为万物。在《我俩，被愚弄了这么久》中，诗人呼唤跟所爱之人做一场超越时空的"逍遥游"：

　　我俩，被愚弄了这么久，

　　现在改变了，我们飞快地逃跑，如同大自然一样地
逃跑，

　　我们便是大自然，我们违离已久，但现在我们又回
来了，

　　我们变为植物，树干，树叶，树根，树皮，

　　我们睡在地上，我们是岩石，

　　我们是橡树，我们在露天下并排生长，

　　我们吃着嫩草，我们是野兽中的两个，如任何野兽一
样地自然生长，

　　我们是两条鱼，双双地在大海中游泳，

　　我们是剌槐花，我们早晚在巷子的周围放散着
芳香……

　　中国古代贤哲把"民胞物与"视为人生的最高境界，说百姓
都是我的同胞兄弟，万物都是我的朋友；读了惠特曼的诗才知
道，原来东西方的人文思想是相通的。

为"自己"而歌唱

　　《草叶集》中最长的一首诗，是《自己之歌》，总共有
一千三百多行。说是"自己之歌"，其实歌颂的却是整个人
类。诗的第一节就写着：

> 我赞美我自己，歌唱我自己，
>
> 我所讲的一切，将对你们也一样适合，
>
> 因为属于我的每一个原子，也同样属于你。

长诗不是讲述一个完整故事，只是随心所欲地抒情。——诗人是个喜欢游荡的人，没事就到田野、林间、城镇、乡村去游逛。而《自己之歌》给人的印象便是走到哪儿写到哪儿，想起什么就写什么。

于是读者随着诗人来到辽阔的原野、热闹的集市、宁静的乡间；跟着诗人到海边拾蚌壳、看风帆，或是瞧铁匠抡锤、屠户磨刀，有时还把鼻尖压在百老汇商店的玻璃橱窗上好奇地往里瞧……

诗中还写了一个逃亡的黑奴，他不安地来到诗人的屋前。诗人把他领进门，替他涂药治伤，请他同桌吃饭，等他身体复原才放他去北方……

长诗共五十二节，自始至终流动着健康向上的活力、乐观自信的精神。惠特曼爱自己，爱每一个人，也

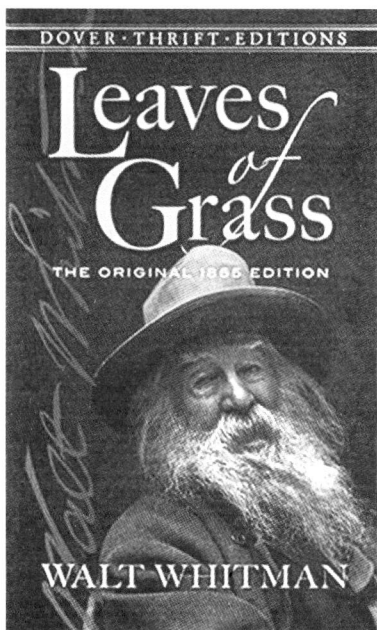

英文版《草叶集》

爱一切动物、植物乃至空气、声音……他把自己和人类万物都融在了一起，连死亡也显得不那么可怕，这该是多么崇高广阔的境界！

小草的形象在诗中一再出现，诗人称它是"由代表希望的碧绿色物质所织成"的"我的意向的旗帜"！诗人甚至愿意化作这样一棵小草。他在诗的最后写道：

> 我将我自己遗赠给泥土，然后再从我所爱的草叶中长出来，
>
> 假使你再要见到我，就请在你的脚下找寻吧。

说到底，诗中的小草就是生生不已，既平凡又伟大的人民的象征啊！

手把斧头开新宇

《草叶集》中还有一首《斧头之歌》，那是赞颂拓荒者的。斧子在拓荒者手中不再是染血的兵器，而是创造美好生活的工具。人们要用它建起一座"伟大的城池"来。这座城池之所以伟大，不在于它有多少高楼大厦、宝货金钱或是英雄的纪念碑，重要的是：

> 那里没有奴隶，也没有奴隶的主人，
>
> 那里人民能立刻起来反对被选人的无休止的胡作非为。
>
> 那里男人女人勇猛地奔赴死的号召，有如大海的汹涌

的狂浪。

…………

那里……总统、市长、州长只是有报酬的雇佣人，

…………

那里妇女在大街上公开游行，如同男子一样……

这就是诗人心中理想世界的蓝图。

惠特曼还把对美好未来的向往付诸行动。南北战争打得最艰苦的时候，他主动到华盛顿当了战地医院的护理，亲自照看伤兵。他还替人抄写文稿，把得来的钱全都用在伤兵身上。

繁重的劳作、艰苦的生活，毁了他的健康。他生命中的最后二十年，是在病床上度过的。不过战争使他的才能更加成熟了，他自己就说过："不经过那些战争岁月，就根本不会有《草叶集》！"

惠特曼是个土生土长的美国诗人。他不崇拜古老的欧洲文明。他的诗，从内容到形式，都有他自己的独特风格。他的诗里没有神话故事，也没有帝王将相；所歌唱的，全是北美大陆上的新事物和普通人，诗中洋溢着的是一

惠特曼诗集中译本

个新兴民族特有的乐观精神。

他的诗不重文辞，甚至也不用韵脚；但诗中却有着一种海涛滚滚而来的气象，在一起一伏之间，显示出内在的韵律美来。——可以说，惠特曼开创了美国民族诗歌的新风格。

说起来容易，惠特曼的路走得并不轻松。譬如刚开始，他把自己的作品拿给出版商，出版商看也不愿看。他只好自费印了一千本。可是报纸上又骂他的诗是"杂草""垃圾"；还说他是个"疯子"，是"伤风败俗的恶徒"。

惠特曼不但没被骂倒，反而很快又将诗集出了第二版、第三版……这全靠了他那压不垮、骂不倒的硬汉精神的支撑呢。

六〇、福楼拜与《包法利夫人》(附小仲马，19世纪，法国)

代表作《包法利夫人》

再来看看19世纪中叶的法国文坛。巴尔扎克、雨果等大师正如日中天，新的作家还在不断涌现。福楼拜就是其中一位。

福楼拜（1821—1880）比乔治·桑小十七岁，曾是这位女作家的崇拜者和朋友。他的父亲是卢昂市医院的院长，医术高明。福楼拜尽管没接过父亲的手术刀，却从他那儿学会了细致地观察、缜密地思考的行事风格。

后来他考进大学，攻读他并不喜欢的法律。大学没读完，他

福楼拜

突然得了一种怪病。发起病来，身子抖得就像风中的树叶。当医生的父亲也束手无策，甚至连坟墓都替他挖好了。

福楼拜竟挺了过来，不过他从此丢下讨厌的法律课本，如鱼得水地搞起文学来。对他来说，这真是因祸得福啊。

福楼拜写出来的小说，单有一种风味。小说中的主人公，全是现实生活里极平凡又极真实的人物。就拿他的代表作《包法利夫人》来说吧，书中的女主角爱玛是个农家女孩儿，因为长得漂亮，被一位到乡下出诊的大夫包法利瞧上了。后来大夫的原配夫人死了，便娶了爱玛做续弦。一位小家碧玉，这下子步入中产阶级，成了包法利夫人啦。

爱玛是受修道院教育长大的，养成了多愁善感的性格。她本来对爱情婚姻抱着美丽的幻想，可成家以后，一切都让她失望。丈夫谈吐庸俗，胸无大志。她梦想的幸福在哪里？

秋日的一天，爱玛跟丈夫参加侯爵家的宴会。贵族家的那种排场气派，简直让她心醉。她在一旁瞧着贵族老爷与贵妇们传书递简、调情说爱，心里羡慕得不得了。她跳舞一直跳到第二天清早，才恋恋不舍地离开。

从此她再也忘不掉那美妙的夜晚。她甚至把那晚赴宴时穿的衣服也小心保存起来，还常常回忆舞会的情景，当作消遣。

爱玛在家里脾气越来越坏，总是怨天尤人。她渴望有个男孩儿，到头来却偏偏生了个丫头。丈夫是个迟钝的人，小镇上也没人能理解她内心的痛苦。有个见习医生赖昂对她挺有好感，可后来也去了巴黎。爱玛觉着自己就是关在笼子里的一只鸟儿。

"笼中鸟"之死

附近庄园有个地主叫罗道耳弗，他到医生家看病，一眼瞧上了爱玛。这个情场老手领着爱玛去逛展览会，又耍出种种手腕挑逗爱玛。爱玛终于背着丈夫跟他好上了。

爱玛从此更注重生活享受，巴黎的时髦服装买了一套又一套，没钱就去借债。越是这样，她越觉着这个家没法待下去。她要罗道耳弗带她走，可那家伙只是逢场作戏，找找乐子，哪里有什么真心。他给爱玛留下一封信，说是为了爱玛着想，他得离开。信上还有几点泪痕，其实那是淋的几滴白开水！

爱玛受了这个打击，大病了一场。老包法利心疼太太，陪着她去卢昂看戏散心。在戏园子里，爱玛又碰上了先头那个见习医生赖昂。两人心有灵犀，终于凑合到了一块儿。后来爱玛借口学钢琴，一个劲儿往赖昂那儿跑，其实是找赖昂去鬼混。她花起钱来更加大手大脚，钱不够，就拿房产来做抵押。

终于有一天，债主把她告到了法院，包法利家的财产全给扣押了。爱玛到处找人帮忙，人家不仅不帮她，还占她便宜。

她想，罗道耳弗总还能顾念旧情吧？久别重逢，罗道耳弗跪下

《包法利夫人》插图

来，甜言蜜语地向她诉说爱情。可是一提借钱，罗道耳弗立刻站起身，一脸冷漠地说：我没钱。

爱玛气疯了，她跑到药剂师家里，向仆人骗来储藏室的钥匙，开门抓了一把砒霜送进嘴里。——包法利夫人就这么了结了自己的一生！而包法利医生呢？到这会儿，他还认为太太是清白的呢。

跟雨果、巴尔扎克、梅里美的小说人物比起来，福楼拜笔下的包法利夫人是太平凡了一点儿。可这个形象却是那么真实，又那么具有代表性。

这种好幻想、爱虚荣的女人，哪儿没有呢？厌烦平庸的生活，又受着贵族生活的诱惑，因而走上邪道的，到处皆是啊；包法利夫人不过更典型一点儿罢了。

她受人玩弄，最终落得个服毒自尽的下场，够可怜的。而那些真正应当受谴责的人却活得挺自在，这不是很深刻的揭露吗？

这部书一出版，就受到法院的追究，说它有伤风化。可读者却喜欢它，初版的六七千册，很快被一抢而空，两个月后就不得不加印。

《情感教育》，蹉跎人生

福楼拜的另一部长篇小说《情感教育》，也是描写普通人、平凡事，只是主角换成一位男子——中产阶级出身的青年莫罗。莫罗思想平庸、意志薄弱，想得多、干得少。资产阶级子弟所有的毛病，他都占全了。

莫罗从外省跑到巴黎来求学，认识了画商阿尔鲁夫妇。阿尔鲁夫人优雅贤惠，莫罗一下子就迷上了她。他挖空心思地跟阿尔鲁一家套近乎，学校的功课也都荒疏了。就这样昏头昏脑地混了一阵子，他却始终不敢向阿尔鲁夫人表白自己的爱慕。眼看着没什么指望，他便回了家乡。

后来他得了叔叔一笔遗产，又跑到巴黎来。"二月革命"时，他也跟朋友狂热了一阵子，不久就冷却下来。他一边做股票生意，一边跟别的女人鬼混，可心头却始终抹不掉阿尔鲁夫人的影子。——阿尔鲁夫人其实也喜欢他，只是阴差阳错的，两人始终没迈出那一步。

后来阿尔鲁一家因破

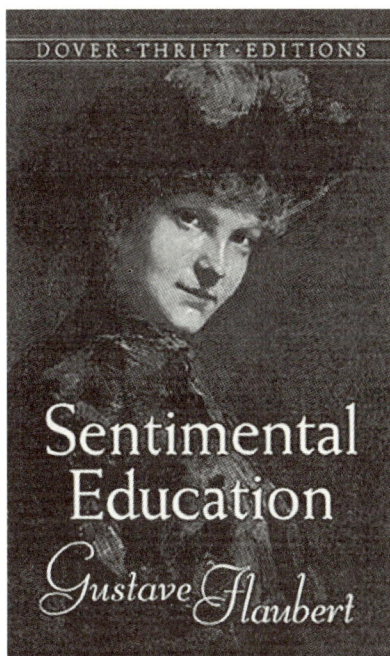

《情感教育》英文版

产而离开巴黎，莫罗也再度回乡。他发现，本来已经跟他订婚的邻家女路易莎，已另嫁他人……十几年后，莫罗又意外地遇上了阿尔鲁夫人，她过着贫寒的生活，早已满头白发啦。莫罗此时也荡尽家财，拮据度日。回想起前尘往事，两人不禁相对唏嘘，拥抱在一起……

人的一辈子，就这么毫无光彩、一事无成地过去了，这也许是作者最大的感慨吧？——然而莫罗的懦弱性格，也正是那个时代的产物。

小说用了不少笔墨，描写 19 世纪中叶的动荡政局，因而有人称这部小说是"革命的1848年的形象编年史"。当民众跟大资产阶级激烈搏斗时，夹在中间的中产阶级，又能有多大出息呢？

用淳朴的心去爱

福楼拜的短篇小说也很出色。他的小说集《三故事》包括《圣·朱利安传奇》《淳朴的心》《希罗迪娅》三个短篇。其中《淳朴的心》写一位善良而平凡的女仆的故事，感人至深。女仆名叫全福，从小是个孤女，给人家放羊，在忍饥受冻中长大。

她在农场干活时，爱上了一个小伙子。可是到头来，小伙子却娶了个有钱的妻子。全福在田野里整整哭了一夜，以后便到人家去当了女仆。她能干、不惜力，心里总是想着别人。有一回，她跟主妇一家经过草场时，一头大公牛冲了过来。她沉着地抓了把泥土朝牛眼睛撒去，保护着主妇一家脱了险。发狂的牛把她逼到栏杆边上，她刚好来得及从两根杆子当中钻出去。

后来她一手带大的两个少爷都出了门，她感到寂寞，便又认了个"外甥"，并把一片心全都放在"外甥"身上。"外甥"出洋去，死在了外面；她伤感之余，又去照顾一个住在破猪圈里的孤老头儿。老头儿死后，她又养了一只鹦鹉，把它看作自己的孩子。鹦鹉死了，她又把它制成标本供奉着。终于

福楼拜漫画像

有一天，女仆自己也病倒了。临终时，她仿佛看见她的鹦鹉在天国门口迎接她呢。

读福楼拜的小说，总让人领悟到一种深深的人生感慨。女仆的一生太平凡了，平凡得让人替她不甘心。然而她那颗淳朴的心中，却包含着多么深沉的爱，这种爱发自天然，又无比高尚。

塞纳河上的"灯塔"

福楼拜的作品不算多。除了上面说的几部，还有长篇小说《圣·安东尼的诱惑》《布瓦尔与佩居榭》以及历史小说《萨朗宝》等。

写这五六部小说，足足用去福楼拜二十五年的时间。就说《包

《萨朗宝》插图

法利夫人》吧，他写了整整五年。《圣·安东尼的诱惑》则前后重写了两遍，断断续续用了二十年。——而巴尔扎克写《高老头》，据说才用三天三夜！

福楼拜的想法是：写一部就要成功一部。哪怕只写出一部杰作来，这辈子就没白活。

福楼拜说："天才即是耐心。"又说："难产和涂改才是天才的标志。"他十分讲究遣词造句，有的时候，为了一个句子，他能绞尽脑汁想上四五个钟头。好不容易写满几页纸，可删改起来却又毫不吝惜。正因为这样，他的小说成了完美的语言艺术品，被称作法国文学语言的典范。

福楼拜把写小说当成十分严肃的事。写《布瓦尔与佩居榭》时，光是参考书，看了一千五百多本，笔记摞起来有八寸厚！他身体那么弱，可是为了写好历史小说《萨朗宝》，他还特意到北非去了一趟。

福楼拜在作品人物中灌注了自己的热情和生命。据说他写到包法利夫人服毒时，仿佛觉着自己嘴里也满是砒霜味儿，一连好几天吃不下饭去。一天，有个朋友去看他，见他正伏在书桌上哭得伤心呢。半天他才抬起头来，满面泪痕说："包法利夫人死啦！"

福楼拜的小说在他生前没有引起太大的轰动。可是随着时间的推移，人们渐渐从他的小说里品出一种淳厚的味道来。有人说：福楼拜把一种崭新的思维方式应用到文学中来，堪称现代小说的鼻祖。

福楼拜一辈子没结婚，他把他的一切都献给了文学。一年四季，他只管坐在书房里写呀写的。他的书房面对塞纳河，过往船只看着他窗前那盏彻夜不熄的绿罩灯，都把那当成灯塔啦！

小仲马名扬《茶花女》

跟福楼拜差不多同龄的作家中，还有小仲马（1824—1895）——不错，他是大仲马的儿子。跟爹爹一样，他也是位才华横溢的作家。

小仲马的剧本《茶花女》演出成功时，他曾拍电报给大仲马，说我的作品得到巨大成功，就如同你的作品首演时获得成功一样。大仲马怎么回答的呢？他说：孩子，我的最好作品就是你呀！

就说说这部《茶花女》吧。最初，小仲马把这个故事写成一部小说。小说的女主角玛格丽特是个红妓女，由于她特别爱茶花，人们都叫她"茶花女"。平日跟她来往的，也都是公子王孙、达官贵人。可有个平民小伙子阿芒也爱上了她。茶花女得了肺病，阿芒便每天去打听她的病情，为她送花，却从不留名。——茶花女深受感动，也爱上了这个纯情少年。

两人一同躲到乡下别墅里，沉醉在爱情之中。茶花女过惯了奢侈的生活，阿芒的全部收入，还不够她打发马车费呢。阿芒只好去赌博、借债。茶花女怎么能拖累阿芒呢？她卖掉了自己的马车、披肩，典当了钻石首饰，她决心改变生活方式，做个新人。

眼看新生活正向他俩招手呢，阿芒的爹爹来了。他责备儿子堕落，辱没了门风，非逼着儿子跟茶花女一刀两断。阿芒不肯屈服，可就在这时，茶花女却不辞而别，重新投入贵族情人的怀抱。

阿芒的悲愤是可想而知的。他不能就这么忍气吞声，他得报复！后来他故意在公开场合向别的妓女献殷勤，让茶花女难堪；还写了匿名信辱骂她。有一回，茶花女主动登门跟他重温旧好；第二天，他却给她送去一张五百元的票子，算是支付她的"身价"。

茶花女受不了精神与病痛的双重折磨，不久就含恨死去。阿芒直到看见她的遗书，才恍然大悟。原来茶花女的"背叛"，全是阿芒的爹爹逼的。——阿芒的妹妹就要出嫁，可男方嫌她有

根据《茶花女》改编的同名电影剧照

个浪荡哥哥。茶花女已经"害"了人家的哥哥，怎么好再"害"人家的妹妹呢？就这么着，她含泪离开了阿芒。

茶花女的墓碑下，堆满了白色的山茶花，那是阿芒献上的。岁月悠悠，而伴随阿芒的，怕只会是终生的悔恨吧？

小仲马在《茶花女》

中所写，是他亲身经历过的真事儿。他曾结识了一个叫玛丽的风尘女子，两人爱得很深。后来大仲马出面干涉，小仲马被迫跟她断了来往。玛丽从此自暴自弃，才二十三岁，就患病死去了。小仲马赶去为她送葬，却见门前正在拍卖她的遗物呢。这些情景，后来都被他写进小说里。

其实小仲马是大仲马的私生子。他是大仲马没发迹时，跟一个缝纫女工同居时生下的。后来大仲马抛弃了这娘儿俩，又强行把孩子从母亲身边带走。

小仲马却始终深爱着自己的母亲。以后小仲马把《茶花女》小说改编成剧本，上演后大获成功。人们都围着向他庆贺，他却撇下众人，陪着一位老太太进了餐厅。那位老太太，就是含辛茹苦把他拉扯大的母亲！

小仲马还写了不少小说、剧本，大都侧重于反映现实。因而大仲马说：我从梦想中汲取素材，我的儿子从现实中汲取素材。我闭着眼写，他睁着眼写。我画画，他照相。——这正是"知子莫如父"啊。

六一、陀思妥耶夫斯基与《罪与罚》
（19世纪，俄国）

"新的果戈理诞生了"

在俄国，跟果戈理同时的还有一位堪称大师的小说家——

陀思妥耶夫斯基

陀思妥耶夫斯基（1821—1881）。他的成名作是长篇小说《穷人》。他写这部小说时，不过是个二十四岁的小青年儿。小说写好后，他不敢拿出来发表，生怕别人笑话。

有个朋友带他去见大诗人涅克拉索夫。涅克拉索夫被小说主人公的命运感动了，流着泪把小说一口气读完，天不亮就去敲作者的门，跟这个年轻人紧紧拥抱在一起。当天他又把这份稿子交给批评家别林斯基，一见面就喊："新的果戈理诞生啦！"

陀思妥耶夫斯基是个医生的儿子，从小在父亲工作的贫民医院里长大。周围的贫穷、痛苦、灰暗，在他那幼小的心灵中刻下深深的烙印。他父亲是个有野心的人，平日省吃俭用，拼命攒钱，总算有了一处庄园和上百个农奴，还弄到一个贵族头衔。

陀氏从小喜爱文学，父亲却偏要他去彼得堡军事工程学校学军事。那儿的课程提不起他的兴致，他度日如年，还因功课不及格蹲了一班。旁的贵族子弟穿着讲究、挥金如土，他却寒酸得连喝茶的钱也没有。唯一的安慰是在课余读了普希金、果戈理等不少大文学家的作品。

好不容易从军事工程学校毕业，他以准尉的身份到制图局供职。可他喜欢的是文学，枯燥的公务成了他的负担。一年后他就辞了职，开始专心致志地写起小说来，而《穷人》正是他的第一部长篇小说。这以后，《罪与罚》和《白痴》两部巨著也先后问世。

"二重"描病态，"死屋"记黑牢

陀思妥耶夫斯基跟涅克拉索夫、别林斯基的亲密关系，并没有维持多久。问题出在对陀氏另一部小说的评价上。在《二重人格》中，作者写了个病态人物，写他那梦幻般的内心活动。别林斯基批评说：这种写法背离了现实主义。文学就是文学，而不是什么病人的臆想！

可陀氏自有看法。他说：写平凡的生活才是现实主义吗？其实只有从不同寻常的人和事中，才能看到被日常生活掩盖着的真实呢！——陀氏的创作和理论，后来开启了20世纪现代派文学的先河。

陀氏虽然跟别林斯基分了手，他的政治立场却没变。他跟几个朋友秘密组织政治小组，暗中传阅违禁的文章。沙皇政府早就注意着他们的行动呢。

1849年的一天夜里，宪兵抓走了陀氏，经过草草审讯，便把他拉上了刑场。就在士兵们端起枪的当口，忽然又传来沙皇的特赦令，死刑改成了苦役，陀氏真是死里逃生啊！

可是这场假枪毙却让他受了很大刺激，从此落下癫痫病的病根儿。后来他在西伯利亚度过四年可怕的苦役生活。不过这倒使得他有足够的时间去观察周围的囚徒，思考种种人生问题。

《死屋手记》中译本

日后他的作品总离不开犯罪的题材，那些人物和事件的素材，有不少就是这时积累的。

出狱以后，他先被发去充军。在朋友的周旋下，他又当上了军官，还恢复了贵族地位。不久他退了伍，重新拿起笔来。他以监狱生活为材料，写了一部纪实文学《死屋手记》。——托尔斯泰特别欣赏这部书，说当代文学里没有比它写得再好的了。

接着，《被侮辱与被损害的》又问世了，那又是一部"小人物"的惨史。在小说里，心地善良的小人物总是受侮辱，遭损害；道德败坏、图财害命的大恶棍，却处处受着命运的关照。从小说中，可以看出陀氏对世道的强烈不满。

《赌徒》撮合的婚姻

1864 年，陀思妥耶夫斯基的妻子患病去世。紧接着，他的哥哥也死了，留下一家老小和一堆债务。债主天天上门逼债，眼看陀氏过不去这一关，就要入狱了。

这会儿有个出版商跑来，乘人之危，用低价买下他全部著作的版权，还要他在六个月内再写出一部新作品来。陀氏手头正忙着别的稿子，五个月过去了，新作品还没动笔呢。

最终还是听了一位朋友的劝说，他决定找个速记员来，试一试新的写作方式。请来的速记员是个热心、能干的姑娘，二十岁出头，名叫安娜。白天，陀氏向她口述四个钟头；晚上，她把速记稿带回去整理。

奇迹出现了：一部长篇小说，只用二十六天就完成了。——在不到一个月的密切合作中，作家跟姑娘产生了爱情，几个月后，两人结了婚，这年陀氏四十六岁。

这部促成一段姻缘的小说名叫《赌徒》。它同时又成了作者婚后生活的不幸预言。陀氏自己就是个"赌徒"。由于穷，他常跑到赌场里去碰运气。然而赌博从没给他带来过好运，反而把安娜的衣物、首饰全都输光了。直到七年后，他才下决心戒赌。

因为戒了赌，也由于安娜善于操持，陀氏一生的最后十年生

以陀思妥耶夫斯基为主题的莫斯科地铁站

活最安定，创作也最丰富。《群魔》《少年》《卡拉玛佐夫兄弟》这三部长篇小说，全是这十年里完成的。

陀思妥耶夫斯基最终死于肺病。陀氏一生债务缠身，为了还债糊口，只有拼命写作。贫困和劳累毁了他的健康，最终债虽然还清了，身体却不行了。一次写作时，笔掉在箱子夹缝里。他去搬动箱子，用力过猛，吐起血来，竟止不住，三天后便去世了，那一年他整整六十岁。

《穷人》："小人物"也高尚

《穷人》是陀思妥耶夫斯基第一部长篇小说。有个叫马卡尔的老抄写员，一辈子勤勤恳恳伏案抄写，到头来却穷得纽扣掉了都买不起，还常常受人家嘲笑捉弄。没人把他当人看，在大人物眼里，他连块破擦脚布都不如。最终弄得他自己也讨厌起自己来，认为自己天生愚蠢。

可是有个姑娘叫他改变了对自己的看法。那姑娘叫瓦莲卡，是个可怜的人儿。她爹本来是阔人家的管家，后来丢了差使，死在贫病之中。她只好住到一个远房亲戚家里，看够了人家的白眼。起初她跟一位家庭教师要好，可家庭教师病死了，她的运气算是坏到家啦。

老马卡尔把瓦莲卡从逼良为娼的老鸨手里救下来，并爱上了她。这可不是一般的男女之爱，老马卡尔只是要做姑娘的保护人——看着姑娘活得好，他的爱也就得到了满足。为了姑娘，他甘愿卖掉礼服，只穿破靴子，听任别人嘲笑。

姑娘也爱老马尔卡，爱他的善良和心地高尚。从姑娘这儿，老马尔卡明白了自己的价值，恢复了做人的尊严。这两个小人物：一个连块破布都不如的孤老头儿，一个被人不齿的"卖笑妇"，在灰暗的人生中，闪烁出人性的动人光彩。

可是瓦莲卡不忍心老是拖累老马卡尔，最终嫁

陀思妥耶夫斯基墓

给了曾经欺负过她的坏蛋。老马卡尔绝望了，他喊着："我的心堵得慌，满是眼泪……眼泪闭住了我的气，撕裂了我的心！"

老马卡尔是个令人同情的"小人物"，却在卑微中显出人类的高尚本性来。小说的意义因而也显得异常深刻。

《罪与罚》：大学生杀人为哪般

陀氏最著名的长篇是《罪与罚》。主人公是个连伤两条人命的杀人犯。可是读者并不觉得他是什么杀人不眨眼的恶魔，反倒对他产生几分同情。

拉斯科尔尼科夫是个读大学的穷学生，父亲死后，他因为没钱交学费而失学，住在彼得堡的贫民窟里，眼看就要被房东赶出

门了。他家还有母亲和妹妹。妹妹冬尼娅给人家当家庭教师，无端被主人欺负，丢了饭碗不说，名誉也遭玷污。

大学生走投无路，忽然想起放高利贷的老太婆来——那老太婆心肠狠毒、爱财如命，活在世上只会给人们带来痛苦。若是把她杀了，把钱分给大家，可以救助几十个家庭呢。

"不义之财，取之无碍"，大学生动了杀人的念头！他在看门人那里偷来一把斧头，直奔老太婆家。

就在老太婆低头细看抵押品的当口，大学生手起斧落，把她劈倒在地。他拿了老太婆的钱袋正想离开，不料老太婆的妹妹刚好进门。一不做二不休，他又杀了第二个！

说起来，大学生杀人也并非一时头脑发热，他早就总结了一套理论。他说人可以分成"平凡的"和"不平凡的"两类。平凡的人活在世上，只是听人摆布、任人宰割的。不平凡的人却可以为所欲为，自己把握自己乃至他人的命运。大学生杀老太婆，也是想借此掂量掂量，自己是循规蹈矩的凡夫俗子呢，还是可以平静杀人的"超人"。

《罪与罚》插图一

不过真杀了人，可就不是那么一回事了。杀人后的第二天一早，警察局就把大学生传了去。到了那儿才知道，原来是房东通过警察局向他催讨房钱呢。大学生悬着的心刚放下来，又听警察们在议论昨天的杀人案。他眼前一黑，就晕了过去。

他一直昏迷了三天三夜，水米未进，只是说胡话。此后他一闭眼就做噩梦，梦见老太婆没死，坐在一间空屋子里冲他笑呢。——他的精神完全崩溃啦。再加上警察不断向他施加压力，他最终到警察局坦白了罪行。

烛光下的"罪人"

促使他去坦白的，是一个名叫索妮娅的姑娘。这姑娘是个穷人家的女儿。她父亲整天借酒浇愁，最终被车撞死在大街上。紧跟着后娘也发疯死去。剩下几个弟弟妹妹，全靠她当妓女挣钱养活。——可就是这样一个可怜的人，却还有人要欺负她。

原来索妮娅的酒鬼爹爹被撞死那天，大学生刚好在场。他见索妮娅哭得可怜，就动了恻隐之心，把母亲刚给他寄来的三十个卢布全都给了她。

这事让一个叫卢仁的绅士知道了。卢仁是个自私卑鄙的小人，仗着自己有几个糟钱儿，想把大学生的妹妹冬尼娅弄到手。大学生讨厌这家伙，坚决反对这门婚事。卢仁就借机挑拨他们兄妹的关系，说当哥哥的不正派，竟拿钱送给一个下流女人。为了证明索妮娅品行不端，卢仁还安排下陷阱。

就在姑娘的酒鬼爹下葬那天，卢仁故意摆了一桌子钞票在那

《罪与罚》插图二

儿点数，又把索妮娅叫来，假仁假义塞给她十卢布。可就在左邻右舍都在索妮娅家吃饭的时候，卢仁气急败坏地闯来，硬说索妮娅恩将仇报，偷了他一百卢布！一搜身，还真从姑娘口袋里搜出一张大票子来！

幸而有个正直的邻居站出来作证，说那钱是卢仁偷偷塞进姑娘口袋里的；当时他还以为卢仁是好意呢，谁知竟是为了栽赃陷害！

有了这样一番周折，大学生跟索妮娅无形之中被连在了一起。因而当大学生走投无路时，他便来到索妮娅的住处，向她讨主意。在他眼里，索妮娅是那么纯洁正直。

索妮娅是个虔诚的基督徒，她回答大学生："去受苦赎罪！"她给他读起《圣经》，昏黄的烛光照着两个罪人：一个杀人犯，一个卖淫妇……

大学生被判八年苦役。在流放地，他大病了一场。病愈后，他来到一条大河边。索妮娅出现在他的身旁，清瘦的脸上含着微笑。他们有足够的耐心，等待着新生的一天……

自从陀氏经历了牢狱的煎熬，他的宗教思想越来越浓厚，这从小说的结尾就能看出来。

尽管人们对这个结尾有不同评价，可没人否认这是一部出色的社会心理小说。作者在书中细致描绘了人物的内心活动，探讨了复杂的社会道德和人生哲理问题。俄国社会的贫困与堕落，在小说中显得那么触目惊心。主人公的"罪恶"，不正是从这个没落的社会里孕育出来的吗？

《罪与罚》的发表，给作者带来巨大的声誉，陀氏成了举世闻名的大作家啦。

《白痴》: "弱智" 贵族的情感历程

这以后，陀思妥耶夫斯基又发表了著名长篇小说《白痴》。不过这回作者写的不再是穷人，而是上流社会的公爵、将军、富商及交际花们。——但这些人中照样有被侮辱与被损害的，照样有带着病态心理的。小说的男主人公梅诗金公爵，就患有癫痫病，"白痴"指的就是他。

年轻的梅诗金虽然贵为公爵，家世却早已没落。如今他的监护人也死了，他只好从瑞士疗养地回国，来彼得堡投奔叶潘钦将军。叶将军官运亨通，家财万贯，拉扯梅诗金一把并不难。——谁让梅诗金是将军夫人的远亲呢。

将军为他安排了文书的职位，又介绍他到秘书甘尼亚家做房客。甘秘书正准备结婚，未婚妻叫娜斯塔霞，人长得跟天仙似的。甘秘书拿她的照片给将军一家看，大家没有不惊叹的。可梅诗金却从这张绝美的面孔中看出她内心的痛苦来。

对于这个女子，他并非一无所知。在回国的火车上，同行

《白痴》插图一

的有个富商的儿子罗果仁，也发疯似的追求这个女子呢。还花了一万卢布为她买了钻石耳环；为了她，罗果仁跟爹爹吵翻了。

娜斯塔霞到底是什么人？原来她也是贵族出身。六七岁时父母双亡，有个叫托茨基的地主收养了她。托茨基为她请了最好的教师，又给她安排了最优雅舒适的生活环境。眼看她出落成美貌绝伦的少女，托茨基就占有了她，却压根儿没打算跟她结婚。

后来托茨基要跟叶将军的大小姐订婚，娜斯塔霞得知消息，便赶来彼得堡。如今她再也不是当年那个好对付的小姑娘啦。她若闹起来，托茨基在彼得堡可就不好做人啦。

没办法，他只好小心应对，为她预备了豪华公馆，带着她出入上流社会。娜斯塔霞成了彼得堡红极一时的交际花！

可长此以往也不是事啊。托茨基咬咬牙，拿出七万五千卢布来，要娜斯塔霞嫁给将军的秘书甘尼亚，自己好脱身。娜斯塔霞收下钱，但声称是否同意这门婚事，得等她生日那天再宣布。

其实甘秘书是个薄情的人。他要娶娜斯塔霞，完全是为了那笔钱。叶将军呢，他热心撮合这桩婚事，还送了贵重的首饰给娜斯塔霞，也是不怀好意呢。

只有梅诗金心地最善良，他看出周围这些人的险恶用心，深深同情这个可怜的姑娘，便在她生日那天劝她再慎重考虑考虑。

残缺躯体包裹着高尚灵魂

娜斯塔霞听从梅诗金的劝说，当晚拒绝了甘秘书。就在这时，罗果仁来了。如今他继承了爹爹的百万家财，带了十万卢布来娶娜斯塔霞。

十万卢布捆作一包儿，摆在了桌子上，这简直是拿活人拍卖呀！眼看着娜斯塔霞就要毁了，梅诗金突然走上前，宣布他要娶娜斯塔霞！

娜斯塔霞受了感动：这么多年，有哪个"上等人"真心爱过她，提出过跟她正式结婚呢？——不过她不愿拖累梅诗金，不情愿接受谁的怜悯，最终决定跟罗果仁走。

这些人里头，最让她寒心的是甘秘书。她临走前，突然拿起那十万卢布，对甘秘

《白痴》插图二

书说："我想最后看看你的灵魂，这儿是十万卢布，我把它扔进火里，你当着大家的面，用手把它拿出来，但要挽起袖子，不能戴手套！如果取出来，十万就全是你的了！"

钱扔进了火炉里，周围一片惊呼，大家很快给甘秘书闪出一条道来。甘秘书脸白得像纸似的，凝着一丝憨笑，两眼死死盯着那烧着的纸包，身子一动不动。几秒钟后，他突然转身想往外走，可没迈几步，就咕咚一声栽倒在地板上。

娜斯塔霞用火钳把纸包夹出来，扔到他身边说："这十万卢布全是你的了。看来你的自尊心比贪财心还大些，这是我赏给你的……"说完，就同罗果仁走了。

多么惊心动魄又残酷无情的一幕！人的一切伪装全都给剥去了，深藏在心底的卑鄙和贪婪，被这熊熊的炉火照得清清楚楚。也只有像陀思妥耶夫斯基这样的大手笔，才能写出如此震撼人心的场面来！

可故事还没完。娜斯塔霞并不甘心跟着罗果仁，曾几次逃跑。梅诗金依旧那么关心她，一再去寻找她。后来娜斯塔霞听说梅诗金要跟将军的小女儿结婚，就拼命把梅诗金抢到了手。可等到要去教堂举行婚礼时，她又发疯似的跑掉了。

小说的最后一幕，是梅诗金追到罗果仁家。罗果仁把他带到楼上书房里，梅诗金看见帘子后面躺着个人，身上盖着白单子，一动不动。——罗果仁怕再失去娜斯塔霞，把她杀啦！

梅诗金受了刺激，病情加重，再次被送往瑞士疗养。这回他的病算是没指望了，他真的成了白痴！

梅诗金公爵善良、纯朴，有着丰富的同情心。他虽然疾病缠身，言行有点儿可笑，但跟周围那些疯狂追逐金钱和肉欲的家伙相比，他的心灵却是最纯洁、最健康的。—— 一个残缺的身躯反而包裹着最高尚的灵魂，作者的这种安排，包含着多少深意！

娜斯塔霞也是意义深刻的人物。她那惊人的美丽，本该给人世间增添光彩。可是在那个社会里，美却成了供人买卖、任人糟蹋的商品。在病态的环境里，她养就了病态的虚荣和自尊。——然而虚荣和自尊保护不了她，最终她毁了自己，也毁了别人。

《卡拉玛佐夫兄弟》：卑鄙无耻一家人

在陀思妥耶夫斯基最后十年的作品里，《卡拉玛佐夫兄弟》写得最好。洋洋洒洒一百多万字，写的又是一桩杀人命案。

老卡拉玛佐夫是个暴发户，靠着种种卑鄙手段，积攒了十万卢布家私。可是他又吝啬，又荒唐，一大把年纪，还跟个风流女人格鲁申卡勾勾搭搭。

他的大儿子德米特里是个军官，带着未婚妻来向爹爹讨取母亲的遗产，也迷上了格鲁申卡。父子

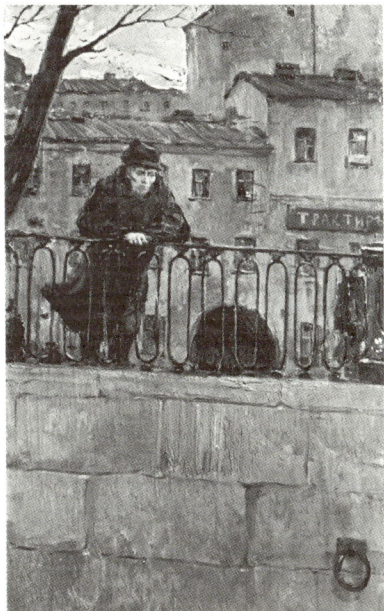

《卡拉玛佐夫兄弟》插图

俩相互吃起醋来，儿子还差点儿把老子杀了。——不久老头子真的给人杀了，大少爷自然嫌疑最重，并为此上了公堂。

其实杀人的是老头家的一个白痴仆人，他是老头儿跟一个疯女人养下的私生子。别看他外表一副痴呆相，骨子里却跟老子一样卑鄙。而他杀人，又是受了二少爷伊凡的影响。

伊凡受过良好的教育，有一套摒弃道德、不分善恶的理论。他对这个家庭又爱又恨，是个性格复杂的人物。他在这桩命案中可算是最清白的，其实他是在坐山观虎斗呢，巴不得爹爹跟大哥死掉一个才好。他既惦着爹爹的遗产，又看中了大哥的未婚妻啦。

陀氏在小说里特别强调这一家人身上的遗传气质——为了满足对金钱和肉欲的强烈欲望，这伙人不择手段、为所欲为，弄得爹不像爹，儿不像儿，兄弟之间也尔虞我诈。

归结起来，这种遗传气质就是卑鄙无耻！用陀氏的话说，卡拉玛佐夫一家是个凑合起来的家庭。其实它正可以看作分崩离析的沙俄社会缩影呢。

读陀氏的小说，并不是件轻松愉快的事。他的笔下，总离不了穷街陋巷、凄风苦雨、受屈辱的人物、病态的心灵……然而他的小说深刻、耐读。长篇作品大多情节离奇、扣人心弦，却又蕴含着耐人寻味的哲理。书中时时插入大段大段的议论，却并不让人感到枯燥。

陀氏更擅长人物心理的剖析，读者往往能从那带有病态的心理刻画中，体会出人物内心的深度来。后来的现代派作家，就把他奉为祖师爷。他在世界文坛上的声誉也越来越高，有一阵子，几乎跟托尔斯泰并驾齐驱啦。

六二、裴多菲、伐佐夫（19—20世纪，匈牙利、保加利亚）

"现在干，或者永远不干"

前面介绍过波兰作家密茨凯维奇和显克维奇，在19世纪，受别国奴役的欧洲民族不止波兰一个。当时的匈牙利，也受着邻国奥地利的压迫。不过到了1848年，奥地利国内自己先闹起革命。匈牙利人民欢呼雀跃——他们知道：民族独立的好时机来了！

在匈牙利首都布达佩斯的一家咖啡馆里，有位又高又瘦的青年，正慷慨激昂地朗诵着自己的诗作：

> 起来，匈牙利人，祖国正在召唤！
> 时候到了，现在干，或者永远不干！
> 是做自由人呢，还是做奴隶？
> 就是这个问题，你们自己选择！
> 在匈牙利人的上帝面前，
> 我们宣誓
> 我们宣誓：我们
> 永不做奴隶！
> …………

> ——《民族之歌》

裴多菲

诗句是那么激动人心！每个匈牙利人都必须回答这个尖锐问题。匈牙利人民的反抗情绪早就像干柴似的，如今被这诗歌的火星一点，立刻呼呼燃烧起来：匈牙利人民起义啦！而那位年轻诗人走在队伍的最前头，他就是匈牙利最著名的民族诗人——裴多菲（1823—1849）。

裴多菲的先辈也是贵族，可到他爹这一代，已经穷得靠屠宰为生了。裴多菲中学没读完，就到一个流动剧团去打杂儿，以后又入伍当了兵。

在民间的几年中，他对民歌着了迷。后来他写诗，就努力模仿民歌民谣的语言和句式。老百姓喜闻乐见的民间人物：农夫啦，牧羊人啦，侠盗啦，都成了他诗中的主人公。

老百姓喜欢，可贵族诗人却大为不满，说：这也叫诗吗？怎么能把农民的粗言俚语带到诗歌的殿堂里来！——裴多菲自有道理，他说：民谣一旦登上诗歌殿堂，老百姓当家做主的日子还会远吗？

有一首《谷子成熟了》，很能代表裴多菲早期诗歌的民歌风格：

谷子成熟了，

天天都很热，

到了明天早晨，

我就去收割。

我的爱也成熟了，

很热的是我的心，

但愿你，亲爱的，

就是收割的人！

你看，全世界的民歌都有共同之处；这首情歌用的，还是"比兴"的手法哩。

"若为自由故，二者皆可抛"

裴多菲还写过好几首长篇叙事诗，其中最有名的是《农村的大锤》《勇敢的约翰》《使徒》。

《使徒》是诗人在1848年起义中花了三个月时间写成的。诗中主人公叫锡尔维斯特。他从小被家里丢弃，好不容易活下来。以后便到处流浪，当过小偷，做过仆人。陪东家少爷读书时，他跟着学了不少知识，后来竟成了无师自通的诗人。

锡尔维斯特热爱祖国、渴望自由。贫苦的生活、统治者的压迫，都改变不了他追求自由的信念。后来他由于私印书籍、咒骂国王，被投进了监狱。十几年后他获释出狱时，已是家破人亡。

以裴多菲为主题的纪念邮票

　　他发现，十几年的工夫，自己的祖国更加衰颓了。他决心孤注一掷，拿自己的生命当作自由的祭礼，献给民族。他揣了一把枪去行刺国王，可惜一击未中。——几天后，他被推上了断头台……

　　裴多菲笔下的使徒，就是诗人那爱国精神的化身吧？诗人也像使徒一样，把民族解放当作自己不可推卸的使命，早把生死置之度外！——后来裴多菲率领匈牙利人把奥地利军队赶出首都布达佩斯，真的用他的剑锋写下了最壮丽的诗篇。

　　只是奥地利人又勾结俄国军队卷土重来，匈牙利起义最终失败了。1849 年 7 月 31 日，裴多菲牺牲在哥萨克人的矛尖上，死时才二十六岁！

　　裴多菲是为自由而献出宝贵生命的。他早就在一首题为《自由与爱情》的诗里说过：

　　　　生命诚可贵，
　　　　爱情价更高；
　　　　若为自由故，

二者皆可抛！

这首诗言简意明、高亢嘹亮；不但鼓舞着匈牙利人民，也成了中国家喻户晓的名篇啦。

伐佐夫与《轭下》

就在裴多菲牺牲后的第二年，保加利亚也诞生了一位爱国文学家——伐佐夫（1850—1921）。他是个商人的儿子，父亲曾送他到罗马尼亚跟伯父学习经商，他却因此认识了侨居那里的保加利亚革命志士，并开始迷上了写作。

后来他投身民族解放运动，写了不少好诗。1876 年，保加

保加利亚索菲亚大教堂

利亚人民起义，反抗土耳其统治者，他的诗被起义军传唱，成了鼓舞斗志的战歌。

伐佐夫也写小说，其中有着世界影响的，是那部以1876年"四月起义"为题材的长篇《轭下》。据研究者考证，这部小说带有作者自传的性质。

在一个漆黑的夜晚，有个男子摸进一位老者家中，紧跟着土耳其警察也尾随而至。那男子翻墙逃走，警察抓到手里的，只是一件大衣。

警察认出来，那大衣是城里医生苏可洛夫的，大衣口袋里还塞着革命传单。于是警察把医生抓了起来。可就在警察喝杯咖啡的工夫，重要证据传单却不翼而飞。没办法，警察只好把医生放了。

与此同时，附近一座磨坊里发现了两具尸首：是当地一个坏家伙跟一个土耳其人。——这一切又是谁干的呢？

原来夜入老者住宅的，是革命者克拉列岂。他被土耳其人囚禁八年，刚刚逃出来。苏可洛夫医生半路遇见他，见他衣不蔽体，就把自己的大衣送给他。他去找的那位老者，是他爹爹的老朋友。这位老者见医生无辜受难，就到咖啡店里偷换了警长手里的证据……

再说克拉列岂当夜逃脱了追捕，到磨坊去避雨，正碰上两个坏蛋欺负磨坊主人的小女儿。克拉列岂杀死了两个恶棍，并在磨坊主人的帮助下，找到了地下组织。以后他化名奥格涅诺夫，在学校里一面教书一面为起义做着准备工作。

经过艰苦的准备，武器有了，人民也发动起来了。1876年4

月，克里苏拉地区爆发了反抗土耳其人的起义。

虽然起义不久就失败了，可克拉列岂不后悔，他说："失败固然遗憾，但没什么丢脸的。老是袖手不动才是罪过呢……自由只有用血才能换取！"——最终英雄们被土耳其人包围在荒野里，克拉列岂、他的恋人拉达以及苏可洛夫医生，全都壮烈牺牲了。

伐佐夫和前面提到的波兰作家显克维奇，都是爱国作家。显克维奇喜欢用历史题材唤起民族情感，伐佐夫却直接描绘了近在眼前的解放斗争。这或许因为当时的波兰还受着异族的统治，而保加利亚却已取得独立的缘故吧。

伐佐夫不但写出大量诗歌、小说和剧本，还积极参与政治活动。独立后曾当选为议员，还做过教育部长呢。

六三、科幻大师儒勒·凡尔纳
（19—20世纪，法国）

他带我们登月球

在法国，有一位科学幻想小说家，创作了全然不同的小说——他就是儒勒·凡尔纳（1828—1905）。提起他的科幻三部曲：《格兰特船长的儿女》《海底两万里》《神秘岛》，人们都耳熟能详。

凡尔纳一家几代都是律师，凡尔纳在大学里读的也是法学。可是他从小爱幻想，对航海有着特殊的兴趣。

儒勒·凡尔纳

他在法国的海港城市南特长大，蓝天下的白帆，常把他的思绪带到大海上。有一回，他躲进一条大船里，要不是父亲在开船前找到他，他就去了印度啦，这一年他才十一岁。等到他能自己选择职业时，他就选择了文学。这下他可以借着一支笔，自由自在地去远航了。

有个怪老头对凡尔纳影响挺大。那人是个探险家，常常跟他海阔天空地大谈冒险奇闻。凡尔纳还结识了好几位科学家、地理学家。没事他就泡在图书馆里，钻研地理、数学、化学、物理……单是笔记卡片，他就记了两万多张。

三十五岁那年，凡尔纳发表了他的科幻小说《气球上的五星期》，引起读者浓厚的兴趣。书中写探险家费尔久逊博士造了个大气球，带着朋友和仆人，做飞越非洲的探险旅行。他的气球在非洲腹地降落时，当地居民还以为月亮掉下来了呢。

博士一行乘着气球一直飞到尼罗河源头。这以后又遇到无数风险：雷雨袭击啦，干渴啦，凶猛的秃鹰啄破气球啦，当地居民群起围攻啦……在最紧急的关头，后有追兵，前有大河，气球却偏偏因为漏气而挂在了树上。幸而博士临危不乱，收集地上的干草，在气球的破洞下边点着。气球充满了热空气，又冉冉升起。这会儿追兵离他们只有几百步啦。

让人惊奇的是，凡尔纳仿佛有先见之明。他没去过非洲，更甭提尼罗河源头了。可就在小说发表后的第二年，有个英国探险家从尼罗河源头归来，证明小说里的描写，跟实景相差不多！

以后凡尔纳又写了《从地球到月球》和《环游月球》两部小说，叙述三个人乘一颗炮弹飞到月球上，在那儿环游一周又回到地球，溅落在大洋里。他的这些奇思妙想，对后来的人类登月很有启发。

《格兰特船长的儿女》与《海底两万里》

潜水艇的发明与使用，是20世纪的事。可这种奇妙的船只，在凡尔纳的小说里早就造出来了。这就要说到他的海洋科幻三部曲啦。

三部曲的头一部是《格兰特船长的儿女》，说的是一位英国爵士，驾着"邓肯"号游船去援救两年前遇难失踪的格兰特船长；船长的儿子、女儿也随船前往。他们先到美洲大陆

《格兰特船长的儿女》插图

去寻找，历尽千辛万苦，才发觉找错了地方。格兰特原来是在大洋洲遇险的。

"邓肯"号万里迢迢开到大洋洲，在那儿找到一个名叫艾尔通的人。他自称是格兰特手下的舵手。他带着援救队横穿大洋洲，可哪里有格兰特的影子呢？最终人们发现，艾尔通根本不认识什么格兰特，他是个罪恶累累的在逃犯。

爵士决定把艾尔通流放到太平洋的一个荒岛上，可就在那儿，人们喜出望外地遇上了格兰特船长。经过五个月的探险旅行，整整绕地球一圈儿，"邓肯"号终于又回到了苏格兰。

潜水艇出现在三部曲的第二部——《海底两万里》中。1866年，航海的人传说发现了一只厉害无比的大独角鲸。生物学家阿龙纳斯带着仆人和一名捕鲸手去追捕这怪物，落水后爬到怪鲸脊背上，却发现这是一艘构造奇特的潜水艇。潜水艇里的一切都取自海洋：光、热、动力、食物……船长尼摩身材高大、仪表堂堂，却又神秘莫测。

《海底两万里》插图

阿龙纳斯受到尼摩船长的优待，并随船游历了海底世界。五光十色的海底奇景是他们平生从没见过的。尼摩船长自称跟人类断绝了关系，可有一次在锡兰岛的采珠场，尼摩为了援救一个受鲨鱼威胁的采珠人，竟挺身上前，拿短刀跟鲨鱼展开了搏斗。

还有好多事让阿龙纳斯感到又好奇又费解。在大西洋底一处古战场遗址，尼摩从古代沉船中打捞金银财宝，又把它们秘密运往陆地。另一回，潜水艇遇到一艘向它发动攻击的战舰，尼摩船长一改平日的沉着冷静，发狂似的指挥潜水艇向战舰冲击，一下子把战舰撕裂……事后阿龙纳斯看见，尼摩船长跪在船舱中祈祷着，脸上露出痛苦的神情……

最终阿龙纳斯在挪威海岸登了陆，这次航行从太平洋开始，经过印度洋、红海、地中海……整整有两万里。

《神秘岛》：三部曲大结局

第三部《神秘岛》，写的是美国南北战争期间，工程师史密斯、记者史佩莱等五人，乘大气球逃离美国南部一座小城，被大风吹到太平洋一座荒岛上。

五人像当年的鲁滨孙一样，卷起袖子为生存而奋斗。工程师拿两块手表蒙子制成放大镜，聚集阳光点燃了苔藓。大家又拾来蛤蜊、鸟蛋，捕来松鸡、锦鸡和水豚……各种工具和器皿造出来了，安身的石洞凿出来了。他们还打造车、船，播种麦子……并幻想着有一天把小岛开发出来，献给联邦政府呢。

可岛上却接连不断出现怪事：他们的狗总朝山洞中的一口井狂叫；猎获的小猪身上发现了子弹；平白无故，有人送来一箱子工具，还有衣物；人病得不行，桌子上会突然出现救命的药品；入侵的海盗船自己发生了爆炸……在神秘人物的指引下，他们还从邻近小岛上解救了一个被放逐的水手——其实就是十二年前从"邓肯"号上被赶下来的艾尔通。

到了第四个年头，那位神秘人物终于露面了，他就是尼摩船长。原来他本是一位印度王子，因为反抗英国殖民者失败，便制造了这艘潜水艇"鹦鹉螺"号，在海底生活了三十年，专门搜罗海底的沉船财宝，用来支援各地的民族斗争。如今他已满头白发，他的潜水艇就停泊在海岛的地下湖泊里。石洞中的那口井，正跟地下湖相通。

《神秘岛》插图

不久，海岛上火山爆发了。几分钟的工夫，海水漫上小岛，众人被逼到一块孤立的礁石上。就在千钧一发之际，"邓肯"号出现了。指挥"邓肯"号的，正是格兰特船长的儿子。人们得救了，而尼摩船长呢，他以潜水艇为棺，以火山为墓，就那么安眠于浩瀚大海之中！

托尔斯泰为他画插图

凡尔纳还有一部《八十天环游地球》，写福克先生跟朋友打赌，要在八十天里环球旅行一周。他一路紧赶慢赶，克服了千难万险，好不容易回到出发地，可还是迟到了五分钟。他刚要认输，却发现自己原来是赢家。因为他从西向东绕地球一圈，刚好节省出一天时

《八十天环游地球》插图

间来。你看，这个结尾有多妙！

此外凡尔纳的科学小说还有《地心游记》《牛博士》《机器岛》《蓓根的五亿法郎》……凡尔纳一生写了六十六部小说，还有好几部剧本及地理著作。他的科幻小说有个总名，就叫"奇异的漫游"。

凡尔纳的小说不但显示出他渊博的科学知识、丰富的想象力、惊人的科学预见性，同时还表现了他反对殖民统治、同情被压迫民族的进步思想。许多小说家同行都喜欢读他的这些"另类"作品。

《八十天环游地球》后来在法国再版时，里面增加了十几幅

托尔斯泰为《八十天环游地球》所绘插图

插图。插图者竟是俄国文学巨匠列夫·托尔斯泰！托尔斯泰跟凡尔纳同岁，他非常喜欢凡尔纳的科幻小说。读得高兴时，就挥笔画了这些插图，并称凡尔纳是"了不起的大师"！

六四、易卜生与《玩偶之家》
（19—20 世纪，挪威）

戏剧大师易卜生

在北欧的挪威，19 世纪也出了一位享誉世界的作家——戏剧大师易卜生。他是莎士比亚、莫里哀之后世界上最出色的剧作家。我们后面要介绍的英国戏剧大师萧伯纳，也深深受着他的影响呢。

易卜生（1828—1906）出生在挪威东南部的小城希恩。他父亲本是位富有的木材商人，易卜生出生时，正是他家最阔绰的时候。

可是到了他八岁那年，父亲的生意破了产，家道一落千丈。十六岁那年，家里没钱供他上学，只好把他送到一家药铺当学徒。在那儿，他饱尝了底层社会的艰辛。

可易卜生人小志气大。一有空儿，他就读书学习。他最爱读拜伦、歌德和莎士比亚，

易卜生

常常一读就是一个通宵。他还认识了一位牧师，每晚顶风冒雪跑到牧师家去学拉丁文。

二十二岁时，易卜生到首都奥斯陆投考大学，没有考上。他没再回故乡，就留在首都跟一群朋友办学校、编报纸。在这以前，他已开始练习写作了。这年秋天，他的剧本《勇士之墓》在奥斯陆剧院上演。不久挪威剧院又请他去做经理，这是一家提倡民族戏剧的剧院。

原来挪威这会儿正受丹麦人的统治，舞台上演的也都是"高雅"的丹麦戏剧。易卜生却主张用挪威本土语言创作剧本，这就是挪威剧院请他做经理的缘故。

不过上流社会看不惯这"土里土气"的民族戏剧，他们对易卜生的剧本横挑鼻子竖挑眼，加上管理不善，剧院不久就倒闭了。易卜生一家人的生活也成了问题。

幸而这时政府拨了一笔款子，要他出国去考察，他便带着家小去了意大利。后来他常年住在罗马，还在德国的德累斯顿和慕尼黑住过十几年。他的好几部名剧——《社会支柱》《玩偶之家》《群鬼》《人民公敌》，便都是在国外写成的。

"社会支柱"，坏事干尽

《社会支柱》的主人公是大商人博尼克。他是地方首富，乐善好施，尽心尽力为本地百姓谋福利；在家里他是模范丈夫和好父亲，公众把他看作道德楷模和社会支柱。

眼下，他正忙着筹建一条铁路。铁路修好了，本市民众是最大的受益者。市民们当然都举双手赞成啦——就在这当口，博尼克的妻弟约翰和妻妹楼纳从美国回来了，这让博尼克暗自吃惊。

约翰十五年前去了美国。传说那时他跟个女戏子打得火热，还生了个私生女，取名棣纳，如今已长成大姑娘，养在博尼克家里。又传说约翰当年还私开公司银柜，偷了博尼克的钱……

约翰之所以去了美国，就因名声太坏，在本地站不住脚。妻妹楼纳呢，本来爱着博尼克，后来博尼克娶了她姐姐，她也去了美国。

约翰回来不久，便爱上了棣纳——这简直乱了套！有个牧师罗冷也爱着棣纳呢，他当众揭发约翰以前干下的丑事。约翰气愤极了，他指望姐夫博尼克能站出来说明真相，可博尼克却缩着头不肯向前。

约翰气得发狂，他拿出两封博尼克的亲笔信，说是早晚要把这事说说清楚；不过他得先回美国一趟，回来就跟棣纳结婚。

这是怎么回事？原来当年跟女戏子干下丑事的不是约翰，恰恰是博尼克。公司的钱也不是约翰偷的，而是博尼克私下挪用，去堵戏子丈夫的嘴。最终是约翰替他顶罪，他才保住名誉，有了今天。而楼纳则是他最初的恋人；后来他见楼纳的异母姐姐得了一份财产，就狠心撇下楼纳娶了她姐姐。

博尼克起劲儿鼓吹修铁路，也并非为市民着想。——他早就贱价买下沿线的森林、矿山，只等着"火车一响，黄金万两"呢！

眼下博尼克感受到威胁，竟动了杀机：明知约翰乘坐的船没有修好，而海上就要起风暴，他仍下令如期开船。——可是阴差阳错的，约翰没走；倒是博尼克的小儿子偷偷上了船。幸亏船长没听博尼克的命令，才保住一船人的性命！

这时城里正举行盛大游行，听见民众高喊"社会支柱博尼克万岁"的口号，博尼克觉得这简直是在讥笑他、挖苦他呢……

心灵受到强烈震撼，他当众坦白了自己的罪恶，表示要洗心

挪威国家剧院门前竖立着易卜生雕像

革面、重新做人。——然而这样一个欺世盗名的大恶棍，干了一辈子坏事，一天前还盘算着杀人灭口呢，真的能"放下屠刀，立地成佛"吗？

"人民公敌"，坚持真理

仿佛是要跟《社会支柱》做对照，易卜生还写了一出《人民公敌》。剧中这位"人民公敌"，其实是个耿介正直、敢于坚持真理的大夫，名叫斯多芒克。他发现本市的浴场遭到工业废水的污染，便主张关闭浴场，进行治理。他的发现得到报界和工商界的支持，人们认为他造福民众，立了大功，还打算组织提灯大会，为他庆贺呢。

可他那当市长的哥哥跑来找他，要他收回报告。因为改造浴场要花一大笔钱，还要花上两年时间，这对本市的繁荣影响太

《人民公敌》演出剧照

大。他建议大夫重新写一份报告，说情况没这么严重，简单改造一番就行了。

大夫听了大怒，觉得政府的问题比浴场大得多！他决定把报告一字不改发表在报刊上，全不顾哥哥的当面威胁！妻子也劝他"识时务"，他的回答是：就是地球碎了，我也绝不让步低头！

报社主编答应刊登他的文章，工商联合会会长也为他打气，不过他们都各自打着小算盘。等到市长来到印刷厂向他们施压，两人的态度顿时就变了。

报纸不肯发文章，大夫决定亲自向市民发表演讲。市长带着一伙人也来听讲，在市长操纵下，一些无知市民在台下起哄，结果连他家的门窗也被砸烂，房东也请他卷铺盖走人。就这样，一个正直的人变成了"人民公敌"！

不过斯多芒克大夫并不气馁，他发现自己是全城最有力量的人，"世界上最有力量的人是最孤立的人"，他做好准备，迎接新一轮的考验！

大骗子、大恶棍做了"社会支柱"，坚持真理、不肯说谎的人倒成了"人民公敌"；这个社会简直是个颠倒的社会——这就是易卜生的结论。

《玩偶之家》："小松鼠"变成"下贱货"

易卜生戏剧中影响最大的，是那部《玩偶之家》——"玩偶"就是洋娃娃，是招人喜爱、供人摆弄的玩意儿。

《玩偶之家》的女主角娜拉，是个伶俐可爱的女子。小时候，她爹宠爱她，叫她"泥娃娃"。结婚后，丈夫张口闭口叫她"小鸟儿""小松鼠"，仍然把她当成个大娃娃。

丈夫海尔茂是个律师，眼下就要当上银行大经理啦。两人恩恩爱爱，还有三个活泼可爱的孩子。这个家庭，人人羡慕。可是不久，有个叫柯洛克斯泰的银行职员找上门来，娜拉的心中蒙上了阴影。

原来几年以前，娜拉两口子很穷，丈夫又得了重病，医生说不去南方疗养就很危险。娜拉便私下向柯洛克斯泰借了一笔钱，陪海尔茂到意大利住了一年，终于治好了他的病。——后来娜拉省吃俭用，熬夜替人家抄抄写写，债总算快还清了，而海尔茂还蒙在鼓里呢。

当年借钱时，柯洛克斯泰要娜拉的爹爹作保。可那会儿爹爹也病着。为了不打搅老人家，娜拉就代爹爹签了字。——她哪

《玩偶之家》演出剧照

里知道其中的利害：伪造签名是要判刑的！

如今海尔茂当上银行经理，要把名声不好的柯洛克斯泰"炒掉"。柯洛克斯泰便抓住娜拉伪造签字的过错来要挟她，要她劝海尔茂改主意。——谁知海尔茂不但不听，反而马上写了一封辞退信寄给对方。对方也不示弱，立即给海尔茂回信，把娜拉伪造签名的事和盘托出。

海尔茂看了信后，气得脸色铁青。他大骂娜拉，说娜拉瞒着他干了违法的事，把他的前途毁啦！又骂娜拉是"伪君子""下贱女人"。还说她爹不信宗教、不讲道德，把坏德性都传给她啦。又说她不配管教孩子，不能让孩子受她的坏影响！

娜拉看着凶神似的海尔茂，仿佛今天才头一次认识他似的。可就在刚才，他还搂着娜拉，说是"我常盼着有桩危险的事威胁着你，好让我拼着命救你、牺牲自己"呢。

正闹得不可开交，突然有人送来一封信。原来经过娜拉一位女友从中说和，柯洛克斯泰改变主意，把字据还给了娜拉。

海尔茂一块石头落了地，不由得喊起来："我没事啦，我没事啦！"转过脸又甜言蜜语地哄娜拉："我已经饶恕你了，我知道你是爱我，又缺少经验，才做下错事的。受惊的小鸟，别再害怕了。"

可经过刚才那场风波，娜拉像变了个人似的。她觉得自己这些年，不过是让人玩耍的一个玩偶！

她冷静地向海尔茂宣布要离开这个家。海尔茂还想拿孩子打动她，说你忘了你是个妻子、是个母亲了吗？娜拉说："可是我首先是个人，是跟你一样的人！至少我要学着做一个人！"娜拉把结婚戒指还给海尔茂，只拿了个小手提包，头也不回地走了。

楼下的大门"砰"的一声关上了——海尔茂瘫倒在沙发里……

一出戏扰乱了万家餐桌

《玩偶之家》一上演，社会上像是开了锅。一些抱大男子主义的人责问说：怎么，一个女人抛弃丈夫、丢掉孩子，还值得歌颂吗？

这种争论一直扩展到国外，连托尔斯泰也表示不理解。由于问题提得太尖锐，又是那样不可回避，一时间几乎搅乱了所有家庭的饭桌。有一阵子，谁家若是请客，总要在客人面前摆个字条："莫谈娜拉！"以免主客在饭桌上争吵、伤了和气。

不过谁也不能否认，娜拉的形象有着独特的魅力。她爱丈夫，为了他，多重的担子也能一个人挑起来。

她知道丈夫爱面子，不愿受妻子的恩惠，因而始终将借债的事瞒着他。为了还债，她整夜躲在屋子里抄啊写啊，又舍不得吃、舍不得穿，克剥自己，还担着"不会过日子"的埋怨……她从不说什么"盼着有桩危险的事威胁着你，好让我为你牺牲"的肉麻话，可干的，却完完全全是牺牲自己、成全爱人的事。——这样的女性，难道不值得歌颂吗？

剧本结尾处，易卜生用震动人心的关门声，向这个轻视妇女的社会提出了警告和抗议。如果有谁还不猛醒、还不感动，却大谈什么做妻子的道德、当母亲的责任，真可以说是冥顽不灵啦！

横扫"群鬼"清"阴沟"

有人曾提出来：在当时的社会，一个妇女离家出走，又怎么活下去啊？——其实，易卜生让娜拉出走，是为了表示一种义愤。作为文学人物，她的行动在社会上引起巨大的反响，她的任务也就完成了。

不过社会上对娜拉的责难，却始终没停止。于是作者又写了那部《群鬼》，回答责难者。

《群鬼》的女主角阿尔文太太跟娜拉正相反。她性格懦弱，胆子小、爱面子。结婚时，她已发现丈夫是个荒唐鬼，花天酒地、不务正业，还跟女仆乱来。可是阿尔文太太总抱着息事宁人的态度，生怕家丑外扬，对丈夫一味退让。

后来阿尔文太太生下个儿子，竟从胎里带来"花柳病"；儿子长大后病情发作，惨死在她眼前。——假如她一发现丈夫的真面目，便像娜拉一样毅然出走，还会有后来的悲剧吗？

《群鬼》虽然没能回答娜拉出走后怎么活下去的问题，却告诉人们不能挣脱恶婚姻的锁链，会是怎样的结果。

为什么叫《群鬼》呢？因为戏里总在"闹鬼"。当年阿尔文太太的丈夫跟女仆在屋里调情，仿佛是在闹鬼。后来儿子又跟丈夫的私生女纠缠，房子里又闹起鬼来。这个"鬼"跟了阿尔文太太半辈子，以致她觉着自己也像鬼似的。

其实，旧观念、旧道德才是真正的鬼呢。——《群鬼》一上

《培尔·金特》插图

演，触动了社会上的"鬼魅"。于是有人攻击说：真不像话，怎么把花柳病也弄到舞台上来了？

当时文学界流行着自然主义，简单地说，就是对生活素材不加选择和润饰，照实搬到文学作品中来，法国的左拉是这一派的代表。有人就把易卜生归于这一派。易卜生不服气，说："左拉是下阴沟洗澡，我却是为着清理阴沟才下去的！"——不管他对左拉的评价是否公允，这话却道出了他自己的文学主张。

易卜生的《玩偶之家》和《群鬼》虽然是家庭剧，反映的却是社会问题。易卜生以前的戏剧家们总偏爱历史题材和爱情题材，易卜生却把尖锐的社会问题写进戏剧里，开创了"社会问题剧"的新样式。

不过易卜生的戏剧创作形式多样，如亦真亦幻、饱含哲理的《培尔·金特》，便是一部诗剧。培尔·金特是个浪荡子，游手好闲，好高骛远。他一度跑到森林里跟山妖鬼混；又独闯海外，靠贩卖黑奴及偶像而大发横财。以后他冒充先知，追求阿拉伯酋长的女儿；又辗转到美洲冒险淘金，成为巨富。然而一场海难让他一贫如洗。晚年，白发苍苍的培尔·金特回到家乡，两手空空，万分失落。只有把头埋在初恋情人的膝头时，他才对人生意义有所领悟……这部诗剧曾由音乐家格里格配乐，在世界舞台上久演不衰。

易卜生一生出版过二十六部戏剧和一部诗集，人们把这位白发银须、面孔严肃的挪威老人，尊为"现代戏剧之父"。

简明外国文学家词典·二（按生年先后排列）

杰尔查文（1743—1816）俄国诗人。有诗歌《费丽察颂》《攻克伊兹梅尔要塞》《致君王和法官》《梅谢尔斯基公爵之死》《上帝》《瀑布》等。其创作影响到普希金。

史达尔夫人（1766—1817）原名热尔曼娜·内克，法国女作家。有论著《论文学与社会建制的关系》及《论德国与德国人的风俗》。撰有小说《黛尔菲娜》及《高丽娜》。

夏多布里昂（1768—1848）法国作家。有《论古今革命》《美洲游记》《论英国文学》等。撰有小说《阿达拉》《勒内》及散文史诗《纳切兹人》，三者共同构成《基督教真谛》。

克雷洛夫（1769—1844）俄国寓言家。有剧本《用咖啡渣占卜的女人》《疯狂的家庭》《恶作剧的人们》《特鲁姆弗》《小时装店》等。创作诗体寓言二百多篇，著名的有《狮子打猎》《兽类的瘟疫》《杂色羊》《执政的象》《鱼的跳舞》《狼和羊》《农民和羊》《农民和河》《梭鱼》《野兽的会议》《树叶和树根》《鹰和蜜蜂》《狼落狗窝》《分红》等。

华兹华斯（1770—1850）英国诗人。早年曾与诗人柯勒律治共同出版诗集《抒情歌谣集》。此后又有《露西》组诗、《孤独的收割者》、《天职颂》、《快乐的战士》等。有未完哲理长诗

《隐者》，其中第一部分《序曲》，与早期诗歌《丁登寺》是其代表作。

司各特（1771—1832）英国小说家。有长诗《最末一个行吟诗人之歌》《玛密恩》《湖上夫人》等，历史传记《小说家列传》《拿破仑传》。又有历史小说《威弗利》《清教徒》《罗布·罗依》《米德洛西恩的监狱》等。小说代表作为《艾凡赫》和《昆丁·达沃德》。

柯勒律治（1772—1834）英国诗人、评论家。有文学批评作品《文学传记》《关于莎士比亚讲演集》等。早年曾与华兹华斯共同出版诗集《抒情歌谣集》。其诗歌代表作为《古舟子咏》《克里斯特贝尔》《忽必烈汗》等。

骚塞（1774—1843）英国诗人。有散文《纳尔逊传》《英国来信》等。诗歌代表作为史诗《圣女贞德》。

奥斯汀（1775—1817）英国女小说家。有小说《理智和感伤》《曼斯菲尔德花园》《诺桑觉寺》《劝导》。代表作为《傲慢与偏见》及《爱玛》。

司汤达（1783—1842）原名马里-亨利·贝尔，法国小说家。有论著《意大利绘画史》《拉辛与莎士比亚》，散文《罗马散步》，自传《亨利·勃吕拉传》等。撰有小说《阿尔芒斯》《瓦尼娜·瓦尼尼》《吕西安·娄凡》《拉弥埃尔》《巴马修道院》。代表作为长篇小说《红与黑》。

茹科夫斯基（1783—1852）俄国诗人。有诗歌《俄国军营中的歌手》《黄昏》《捷昂与艾斯欣》《柳德米拉》《十二个睡着的姑娘》等，并翻译了许多欧洲及东方的诗歌。

拜伦（1788—1824）英国诗人。有诗剧《曼弗雷德》《该隐》《维纳》《撒丹纳巴勒斯》等，又有诗歌《异教徒》《海盗》《莱拉》《别波》。代表作有早期成名作《恰尔德·哈洛尔德游记》、诗体小说《唐璜》及讽刺长诗《审判的幻景》。

雪莱（1792—1822）英国诗人。有文章《无神论的必然性》《告爱尔兰人民书》《诗之辩护》等。有诗作《仙后麦布》《伊斯兰的反叛》《致英国人之歌》《西风颂》《那不勒斯颂》《自由颂》《云》《致云雀》《致月亮》《悲歌》等，又有诗剧《解放了的普罗米修斯》和《钦契一家》。

济慈（1795—1821）英国诗人。有诗歌《孤寂》《蟋蟀与蚱蜢》《恩底弥翁》《伊萨贝拉》等。代表作有《初读查普曼译荷马史诗》《夜莺》《希腊古瓮颂》《哀感》《心灵》《无情的美人》《圣爱格尼斯之夜》。

密茨凯维奇（1798—1855）波兰诗人。有诗歌《青春颂》《十四行诗集》，长诗《格拉席娜》。长诗《塔杜施先生》和诗剧《先人祭》是其代表作。

普希金（1799—1837）俄国诗人。有诗歌《赠娜塔利亚》《皇村回忆》《自由颂》《童话》《致恰达耶夫》《乡村》《短剑》《致西伯利亚的囚徒》《预感》《致凯恩》《酒神祭歌》《先知》《致诗人》等，长诗有《鲁斯兰和柳德米拉》《茨冈》《强盗兄弟》《加甫利里亚德》《波尔塔瓦》《高加索的俘虏》《青铜骑士》等，诗剧有《鲍里斯·戈都诺夫》《吝啬的骑士》等，又有长篇诗体小说《叶甫盖尼·奥涅金》，小说则有《别尔金小说集》（包括《射击》《暴风雪》《棺材匠》《驿站长》《村姑》等短篇）、中篇《杜布罗夫斯基》《黑桃皇后》及长篇《上尉的女儿》。另有童话诗《沙皇萨尔丹的故事》《渔夫和金鱼的故事》《神父和他的长工巴尔达的故事》等。

巴尔扎克（1799—1850）法国小说家。撰有小说《舒昂党的人们》《婚姻生理学》《驴皮记》《高老头》《夏倍上校》《猫滚球布店》《三十岁的女人》《欧也妮·葛朗台》《幽谷百合》《纽沁根银行》《皮罗多兴衰记》《农民》《乡村医生》《村里的神甫》《老姑娘》《幻灭》《高布塞克》《于絮尔·弥罗哀》《搅水女人》《邦斯舅舅》《贝姨》等，共九十一部，合称《人间喜剧》。

大仲马（1802—1870）法国作家。撰有剧本《拿破伦·波拿巴》《亨利三世及其宫廷》《克里斯蒂娜》《安东尼》等，小说《布拉日罗纳子爵》《玛尔戈王后》《约瑟夫·巴尔萨莫》《王后的项链》《昂日·皮图》《沙尔尼伯爵夫人》等。小说代表作为《三个火枪手》和《基督山伯爵》。

雨果（1802—1885）法国作家。有诗歌集《新颂歌集》《颂诗与长歌》《东方吟》《秋叶集》《黄昏歌集》《心声集》《光与影》《惩罚集》《静观集》等，史诗《历代传说》《上帝》《撒旦的末日》等，剧本《克伦威尔》《欧那尼》《玛丽蓉·德洛麦》《逍遥王》《玛丽·都铎》《昂杰罗》《吕伊·布拉斯》《卫戍官》等，散文《莱茵河》《克伦威尔·序言》《小拿破仑》《罪恶史》《文学与哲学杂论》《论莎士比亚》《行动与言论》等，小说《冰岛魔王》《一个死囚的末日》《穷汉克罗德》《巴黎圣母院》《悲惨世界》《海上劳工》《笑面人》《九三年》等。

梅里美（1803—1870）法国小说家。写剧本也写小说，曾出版《克拉拉·加苏尔戏剧集》，另有剧本《雅克团》。小说有长篇《查理九世时代轶事》，短篇《塔曼果》《马特奥·法尔哥内》《攻克堡垒》《炼狱的灵魂》《双重误会》《伊尔的美神》等。中篇小说《嘉尔曼》《高龙巴》是其代表作。

霍桑（1804—1864）美国小说家。撰有小说《范肖》《小伙子布朗》《教长的黑纱》《拉伯西尼医生的女儿》《通天的铁路》《石面人像》《带有七个尖角阁的房子》《福谷传奇》《玉石雕像》。代表作为长篇小说《红字》。

乔治·桑（1804—1876）法国女小说家。有小说《安蒂亚娜》《莫普拉》《木工小史》《魔沼》《弃儿弗朗索瓦》《小法岱特》等。其代表作为《康素爱萝》和《安吉堡的磨工》。

安徒生（1805—1875）丹麦作家。有游记《1828和1829年从霍尔门运河至阿迈厄岛东角步行记》《一个诗人的市场》《瑞典风光》《西班牙纪行》《访问葡萄牙》等，并写有自传。撰有诗剧《埃格内特和美人鱼》、长篇小说《即兴诗人》。他以童话蜚声世界，最早的一部童话集为《讲给孩子们听的故事集》，包括《打火匣》《小克劳斯和大克劳斯》《豌豆上的公主》《小意达的花儿》等。以后又陆续创作了《卖火柴的小女孩》《丑小鸭》《看门人的儿子》《皇帝的新装》《夜莺》《坚定的锡兵》《拇指姑娘》《人鱼公主》《白雪皇后》《笨汉汉斯》等。

爱伦·坡（1809—1849）美国诗人、小说家。有诗集《帖木儿》《艾尔·阿拉夫》《诗集》等，诗歌代表作为《乌鸦》。短篇小说有《厄舍古厦的倒塌》《红色死亡假面舞会》《莉盖亚》《黑猫》《阿芒提拉多的酒桶》《莫格街谋杀案》《被窃的信件》《马里·罗盖特的秘密》《你是那人》《金甲虫》《瓶中手稿》等，多收在《述异集》中。另有文学批评论著《创作哲学》《诗歌原理》等。

果戈理（1809—1852）俄国作家。撰有诗歌《汉斯·古谢加顿》，讽刺喜剧《钦差大臣》等。小说则有《狄康卡近乡夜话》《密尔格拉得》《小品集》《彼得堡故事》等小说集，内中收入《旧式地主》《塔拉斯·布尔巴》《涅瓦大街》《肖像》《狂人日记》《鼻子》《外套》等作品。其小说代表作为长篇小说《死魂灵》。

缪塞（1810—1857）法国诗人。有诗歌《夜歌》，诗集《西班牙与意大利的故事》《坐着扶手椅观剧》，自传体小说《世纪儿忏悔录》，并有《喜剧与格言》等多部剧本。

盖斯凯尔夫人（1810—1865）原名伊丽莎白·克莱格霍恩·斯蒂文森，英国小说家。有长篇小说《玛丽·巴顿》《克兰福德》《露丝》《南与北》《西尔维亚的恋人》《妻子与女儿》，另有传记《夏洛蒂·勃朗特传》。

别林斯基（1811—1848）俄国文学批评家、哲学家、政论家。有文学批评论文《文学的幻想》《给果戈理的一封信》《艺术的观念》《诗的分类和分科》《关于批评的讲话》《论俄国中篇小说和果戈理君的中篇小说》《亚历山大·普希金作品集》《1846年俄国文学一瞥》《乞乞科夫的经历或死魂灵》《答〈莫斯科人〉》等。

萨克雷（1811—1863）英国小说家。撰有小说《当差通信》《凯瑟琳》《霍加蒂大钻石》《彭登尼斯》《亨利·埃斯蒙德》《纽克姆一家》《弗吉尼亚人》等，小说代表作为《名利场》。另有散文集《势利人脸谱》《转弯抹角随笔》《英国幽默作家》等。

斯托夫人（1811—1896）美国女作家。有小说《德雷德，阴暗的大沼地的故事》《奥尔岛上的明珠》《老镇上的人们》等。代表作为长篇小说《汤姆叔叔的小屋》，作者还为此写了《〈汤姆叔叔的小屋〉题解》。

狄更斯（1812—1870）英国小说家。有长篇小说《匹克威克外传》《奥列弗·退斯特》《尼古拉斯·尼克尔贝》《老古玩店》《马丁·朱述尔维特》《董贝父子》《荒凉山庄》《艰难时世》《小杜丽》《双城记》《远大前程》等，其中《大卫·科波菲尔》是其代表作。另有《圣诞故事集》《美国札记》等。

赫尔岑（1812—1870）俄国作家、政论家、哲学家。有小说《一个青年人的札记》《谁之罪》《偷东西的喜鹊》《克鲁波夫医生》等。又有文学评论及随笔等，如《终结与开始》《谈谈描写俄国人民生活的长篇小说》《俄国文学中的新阶段》《法意书简》《来自彼岸》等。其代表作为回忆录《往事与随想》。

冈察洛夫（1812—1891）俄国作家。有长篇小说《平凡的故事》《奥勃洛摩夫》《悬崖》。另有游记《战舰巴拉达号》，回忆录及文学评论《文学晚会》《在大学》《万般苦恼》《迟作总比不作好》等。

莱蒙托夫（1814—1841）俄国诗人。有诗歌《乞丐》《天使》《帆》《一八三一年六月十一日》《哈吉-阿勃列克》《诗人之死》《咏怀》《诗人》《一月一日》《童僧》《瓦列里克》《恶魔》《祖国》《波罗金诺》等，又有剧本《假面舞会》。小说代表作为《当代英雄》。

舍甫琴科（1814—1861）俄国诗人。出身农奴。有诗集《卡巴扎歌手》《三年》，长诗《卡泰林娜》《海达马克》《高加索》，组诗《命运》《诗神》《光荣》等，自传体小说《音乐家》《艺术家》。诗歌代表作为《遗嘱》。

夏洛蒂·勃朗特（1816—1855）英国女小说家。撰有小说《教师》《雪莉》《维莱特》等。代表作为长篇小说《简·爱》。

艾米丽·勃朗特（1818—1848）英国女作家，夏洛蒂·勃朗特之妹。有诗歌作品。代表作是小说《呼啸山庄》。

屠格涅夫（1818—1883）俄国作家。撰有诗歌、散文《巴拉莎》《地主》《门槛》《斯芬克斯》《无巢》《蔷薇曾经多么娇美》等。有剧本《斯杰诺》《缺钱》《贵族长的早餐》《单身汉》《食客》《物从细处断》《村居一月》等。中短篇小说有《安德烈·柯洛索夫》《多余人日记》《雅科夫·帕辛科夫》《木木》《浮士德》《阿霞》《幻影》《旅长》《草原上的李尔王》《春潮》《表》等。其成名作为特写集《猎人笔记》，内中收有《霍尔与卡里内奇》《歌手》《白净草原》《总管》《两个地主》《活尸首》等。长篇小说则有《罗亭》《贵族之家》《前夜》《父与子》《烟》《处女地》。

麦尔维尔（1819—1891）美国小说家。撰有游记《泰皮》《欧穆》《玛地》等。小说有《皮埃尔》《伊斯雷尔·波特》及小说集《广场的故事》，代表作为《白鲸》。另有诗集《战事集》《约翰·玛尔和其他水手》《梯摩里昂》。

惠特曼（1819—1892）美国诗人。有诗集《草叶集》，第九版时收诗三百八十三首。收入《自己之歌》《给一个遭到挫败的欧洲革命者》《一路摆过布鲁克林渡口》《斧头之歌》《我歌唱带电的肉体》《给你》《我俩，被愚弄了这么久》《从永不休止地摆动着的摇篮里》《民主之歌》《亚当的子孙》《芦笛》《从鲍玛诺克开始》《通向印度之路》《啊，法兰西的明星》《啊，船长啊，我的船长！》等。又有散文《在蓝色的安大略湖畔》(《草叶集》序言) 及散文集《典型的日子》等。

安妮·勃朗特（1820—1849）英国女小说家。有自传体小说《艾格尼斯·格雷》及小说《威尔德菲尔庄园的房客》。

涅克拉索夫（1821—1878）俄国诗人。有诗歌《思想》《在旅途中》《摇篮歌》《夜里我奔驰在黑暗的大街上》《未收割的田地》《被遗忘的乡村》《诗人与公民》《大门前的沉思》《叶辽慕什卡之歌》，长诗《货郎》《严寒，通红的鼻子》《铁路》《祖父》《同时代的人》等。其诗歌巨著《谁在俄罗斯能过好日子》是其代表作。

福楼拜（1821—1880）法国作家。有小说《包法利夫人》、《萨朗宝》、《情感教育》、《圣·安东尼的诱惑》、《三故事》(包括《圣·朱利安传奇》《淳朴的心》《希罗迪娅》) 及《布瓦尔与佩居榭》。

陀思妥耶夫斯基（1821—1881）俄国作家。撰有中篇小说《女房东》《白夜》《脆弱的心》《涅陀契卡·涅兹凡诺娃》《舅舅的梦》《斯捷潘奇科沃村及其居民》《永久的丈夫》等，长篇小说《穷人》《二重人格》《被侮辱与被损害的》《地下室手记》《罪与罚》《赌徒》《白痴》《群魔》《少年》《卡拉玛佐夫兄弟》等，又有纪实及散文作品《死屋手记》《冬天记的夏天印象》《作家日记》等。

裴多菲（1823—1849）匈牙利诗人。有诗歌《谷子成熟了》《树上的樱桃千万颗》《傍晚》《反对国王》《贵族》《镣铐》《仙梦》《云》《希拉伊·彼斯达》《萨尔沟城堡》《我的歌》《自由与爱情》《民族之歌》《老旗手》《投入神圣的战争》等，又有长篇叙事诗《农村的大锤》《勇敢的约翰》《使徒》等。

亚·奥斯特洛夫斯基（1823—1886）俄国剧作家。有剧作《全家福》《自家人好算账》《各守本分》《贫非罪》《切勿随心所欲》《代人受过》《肥缺》《女弟子》《艰苦的日子》《小丑》《深渊》《智者千虑必有一失》《炽热的心》《来得容易去得快》《森林》《狼与羊》《雪女》《血汗钱》《没有陪嫁的女人》《最后的牺牲》《名伶与捧角》等，历史剧《司令官》《僭主德米特里与瓦西利·隋斯基》等。代表作为《大雷雨》。

小仲马（1824—1895）法国小说家、戏剧家。是大仲马的私生子。有小说代表作《茶花女》，另有剧作《半上流社会》《金钱问题》《私生子》《放荡的父亲》《欧勃雷夫人的见解》《阿尔丰斯先生》《福朗西雍》等。

车尔尼雪夫斯基（1828—1889）俄国哲学家、作家、批评家。有文学评论文章《贫非罪》《俄国文学果戈理时期概观》《莱辛，他的时代，他的一生与活动》《艺术对现实的审美关系》等。长篇小说《怎么办》是其文学代表作。

儒勒·凡尔纳（1828—1905）法国科学幻想和冒险小说家。其主要成就是总名为《在已知和未知世界中奇妙的漫游》的一套科学幻想和冒险小说。著名的三部曲《格兰特船长的儿女》《海底两万里》《神秘岛》是其代表作。另有《八十天环游地球》

《气球上的五星期》《地心游记》《从地球到月球》《环游月球》《牛博士》《十五岁的船长》《蓓根的五亿法郎》《机器岛》等。

易卜生（1828—1906）挪威戏剧家、诗人。有诗歌《觉醒吧，斯堪的纳维亚人》等，论文《勇士歌及其对于艺术的意义》等，自传性作品《建筑师》和《当我们死而复醒时》。创作的剧本有《卡提利那》《仲夏之夜》《勇士之墓》《索尔豪格的宴会》《奥拉夫·利列克朗》《海尔格兰的海盗》《爱的喜剧》《觊觎王位的人》《布兰德》《培尔·金特》《皇帝与加利利人》等。其社会问题剧成就最高，有《社会支柱》《玩偶之家》《群鬼》《人民公敌》，影响甚大。

杜勃罗留波夫（1836—1861）俄国文学批评家、政论家。有论文《俄罗斯寓言爱好者谈话良伴》《俄国文学发展中人民性渗透的程度》《什么是奥勃洛摩夫性格》《黑暗的王国》《真正的白天何时到来》《黑暗王国的一线光明》等。

显克维奇（1846—1916）波兰作家。有小说《徒劳无益》《炭笔素描》《音乐迷杨科》《天使》《家庭教师的回忆》《胜利者巴尔泰克》《为了面包》《灯塔看守人》《酋长》《奥尔索》等。其长篇小说有《毫无规则》《波瓦涅茨基一家》《十字军骑士》及三部曲《火与剑》《洪流》《伏沃迪约夫斯基先生》等。其长篇代表作为《你往何处去》，作者由此获得1905年诺贝尔文学奖。

伐佐夫（1850—1921）保加利亚作家、诗人、戏剧家。有诗歌《松树》《帕纳久里什台起义者》《被遗忘者的史诗》《石丘》《扎果尔》等，出版诗集《旗与琴》《保加利亚的悲哀》《拯救

《琴》《田野和森林》《意大利》《胜利的雷声》《新的反响》等。剧本《鲍里斯拉夫》《走向深渊》《伊瓦伊洛》等。小说作品有中短篇《米特罗凡和陶尔米道尔斯基》《流亡者》《叔叔伯伯们》《伊万·亚历山大》《战争中的威尔珂》《村妇》等，长篇小说有《新的大地》《卡扎拉尔的女皇》等。代表作为《轭下》。